“小市民”系列③

秋季限定栗金饨事件（上）

SHUKI GENTEI KURI KINTON JIKEN VOL.1

（日）米泽穗信——著
林枫——译

新 星 出 版 社 NEW STAR PRESS

目录

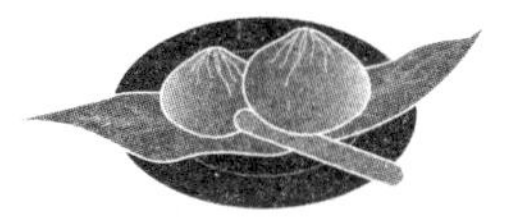

意外之秋

1

在约定的时间到达之前，我一直在图书室里看书。

升上高中之后，我就很少去图书室了。我并不是一个书迷，但若是总窝在图书室里，周围人便会把你当成书迷。“效仿恶人去杀人，自己就会变成恶人。效仿贤者去行善，即便是伪装，仍称得上贤明。”（**注：节选自日本歌人吉田兼好所著的《徒然草》。**）而我，既不效仿书迷，也不效仿恶人，更不效仿智者。经过反复的否定之后，最终呈现出来的神圣形象，正是我一心追求的“小市民”。

我看了看墙上的挂钟，时间差不多了，便站了起来。在把手里的小说放回书架之际，从百叶窗的缝隙间流泻而出的红光引起了我的注意。暑假结束，白昼变短，太阳已经开始落山。一年里总会碰上那么几次，黄昏的火烧云红得让你眼睛发疼，心里发毛。

红色的光照耀着整条走廊，一直延伸到细长校舍的尽头。我一边沿着这条走廊前行，一边琢磨着口袋里的一张便条。

不知什么时候，这张便条出现在我的课桌里。内容是约我放学后在教室见面，没有落款，也没写目的。应该说，这张便条是不是给我的，还得打个问号。当然，我也可以无视它，不过难得有人约我。提心吊胆地去赴会不也挺小市民的吗，我想。

临近放学时间，走廊上学生很少。自从我升上高二之后，已过了五个月。进入九月，先不说气温，就连情绪也已入了秋。

在学校待的时间也不短了，熟面孔多少是增加了些。比如，刚才擦身而过的男生，我经常看见他。他好像是加入过学生会吧，要不就是在哪个社团里取得过优异的成绩。然而就算面熟，我也不记得对方是谁，当然也不知道他的名字。恐怕他也不知道我的名字吧。因此我们就这样默默地擦肩而过了，仿佛彼此都不存在似的。

经过长期的苦战之后，我终于把应该客气地与人保持的距离掌握得恰到好处。我可以自信地说，在学校里的我就是一个同学们会觉得"好像是有这么一个人"的人。有我，很自然；没我，也没什么不自然。

尽管如此，我还是被人叫了出来，这到底是怎么回事。

我掏出了口袋里的便条。

刚看到它时，我以为这是从笔记本上裁下的一角，仔细一看却发现有些不同。纸的一侧有一排细细的孔缝，说明它应该来自便于整齐撕下内页的便条本。那个把我叫出来的人，似乎是一个会随身携带便条本的人。

纸上写的内容很简短。

放学后五点半 请一个人来教室 等着你

字写得绝对算不上好看，但也不潦草。可以说是男生的笔迹，也可以说出自女生之手。蓝色笔迹，用的是水性圆珠笔。字迹感觉很柔和，单就印象来说，我觉得对方大概是一个细腻的男性吧。

从字面来看，也能读到几点信息。

说是“来教室”，船户高中可有几十间教室。对方并未指定是“哪间教室”，说明就是指我所在的高二A班的教室。而“放学后”也没写明是几月几日的放学后，说明就是今天放学后。

反之，假如对方是高二B班的学生，为了表示“不是B班教室”，对方应该会写明“来A班教室”或“来某个指定教室”。同样，因为对方很难判断这张便条能否在今天送到我手里，所以应该也会写上日期才对。

因此，约我的这位估计是我的同班同学。

一个男生从沐浴在红光中的走廊对面向我走来。这次是彼此都认识的人，高一和高二我们都在一个班。他性格爽朗，对谁都很坦率大方。遇到需要全班参与的活动时，他会亲切地来找我搭话。而我也觉得需要回应他这份好意，于是微笑作答。不过现在，我们果然还是选择了目不斜视地擦肩而过。我想不起他的名字，是叫岩山还是岩手来着，我只记得好像有一个“岩”字。

我再次把视线移到手里的便条上。

文字虽短，却意味深长。“一个人”和“等着你”用的是平假名，如果说这是有意为之，倒也挺有想法的。这让“约人”的印象稍微柔和了一点。不用汉字而用平假名，大约对方是一个习惯手写的人也说不定。

不过，最让我在意的还是“一个人”这个部分。希望我一人前往，这到底是什么意思呢？

或许他并没有想过要完全避人眼目。即便我确实独自前往，但如果真的不想被别人看见，就绝不会要求在放学后的教室里见面。且不说对话内容是不是见不得人，假如会面本身都必须对他人保密，那么去校外才更妥当。

对了。在我还是初中生的时候，也曾收过“一个人来”这种含义的便条。

虽说现在光是想起这件事我就汗毛倒竖，可当时的我一心认为自己能干预并解决他人的问题。由于这些问题，我数次被人叫出去。那些召唤书上多半都写着“一个人来”，可我几乎从来没单刀赴会过。有一次，被叫到一个倒闭的保龄球馆的停车场，我平时根本不会靠近那种地方。不怕一万就怕万一，因此还是小心为妙。

那都是过去的事了。现在我是完全没有头绪，因此这寥寥几个字竟让我如此心神不宁。

我，小鸠常悟朗，不过是一介磊磊落落的小市民。戴着融入班集体的微笑面具，尽管连对方的名字也不记得。反正，我就是这样一个船户高中的高二学生。

就我这样的人，到底有什么理由会被别人叫出去呢？

我想找出解答这个问题的线索，于是翻弄起那张便条来。被匿名同学叫出去，而且不明所以就屁颠屁颠地赴约，怎么想都令人不爽。但话说回来，能从一张便条上获取的信息确实也不多。结果还是只能走一步算一步。行吧，总不至于在学校里遭遇暗杀吧？

火烧云的亮度稍稍变暗了一些。不知何时，红光中渗进了夜晚的气息。我发现前方出现一个女生，我也认识她。进高中以后，我就没和她同班过。单就我的观察，她挺会待人接物的，朋友也很多。一眼看去，别说不像高一学妹，甚至更像初中生，搞不好还会被当成小学生，但她确实和我是同一个年级的。

当然，我仍旧看也没看她一眼就走了过去。

我知道她的名字：小佐内由纪。她是一个扬言要成为小市民，却满嘴谎言的女生。

2

讨论早早地陷入了僵局，开始兜起圈子。重复着同一提议与同一反驳，只是不停地变换着不同的说法。其实我知道应该怎样结束这毫无成效的反复：只要接受对方的劝说，闭嘴就行。可我就是不想放弃，只能一边为对方的不理解而焦躁，一边又复述：

"我的提议就那么奇怪吗？其实报纸上也登过类似的内容，知道的人也都知道啊。怎么就不能在我们这边登呢？"

"冷静点，瓜野。"

堂岛社长维持着双手抱胸的姿势看着我。方脸宽肩的社长，冷酷地交叉着双臂，感觉就像一堵耸立着的厚墙。但是我不可能退却，就冲他那不耐烦的眼神，我的气不打一处来。

"我很冷静啊。倒是社长，你在听我说吗？"

“在听。”

堂岛社长缓缓地挺直沉进椅背的身体，仿佛在表示“我最后说一遍”，他加重了语气说道：

“看来你一直没听懂啊。我给你归纳一下。我们社团做的是校报，不是全国报纸的地方版。我们有那本事去跟警察打听消息吗？有办法去采访受害者吗？万一惹上什么麻烦，谁来负这个责任？你爸妈、顾问老师三好，还是我？

“我明白你想报道我们市里发生的‘事件’。但那是逞能。如果你有些话无论如何都想昭告天下，那不如去给早报投投稿？我记得有一个栏目叫‘青年之声’吧？”

这话听上去不是讽刺,像是真的在给人出主意,但我反而更生气了。

如果要跟警察打听，那去就是了。真有心去干，应该也能从受害者那里问出点什么吧？社长怎么就那么不干脆呢？

“所以我说！这报道上写的——”

我伸手把摊在桌上的报纸拍了又拍，上面登的是题为《恶霸团伙绑架同伴》的报道。

“有消息说，被绑架的这位同伴是我们高中的学生啊。那这不就等于是我们学校的事吗？怎么就不能写呢？”

堂岛社长看上去已经不想再继续争论了。他叹了一口气说：

“你那点小心机我可看得很清楚啊，瓜野。你是指望靠登出这篇报道作为先例，下个月开始就能顺理成章地登校外报道了，是吧？”

什么心机不心机的，我实际上向来都是这么主张的。

“有什么不行吗？”

“够了。这里由社长我来判断。要不投票，少数服从多数也行。这个板块登体育节的后续报道。”

我环顾了一下活动室。

那边是备忘条，这边是拍好的照片，全部没有好好整理过，凌乱地堆在了一起，好端端的印刷准备室被弄得一塌糊涂。这就是一共五人的船户高中新闻社。暑假前，高三学生没引退时还有学姐，现在清一色都是男的。

社长是高二的堂岛健吾，他就像是搞体育出身的一样，身材壮硕，眉目威严，仪表出众。但是在我看来，他要么是个守旧派，要么就是个胆小鬼。

门地让治，同样是高二学生。他跟身为高一的我们相处得并不融洽，跟堂岛学长的关系也不见得好。他总垂着那双看似卑屈的眼睛，装腔作势地看着书。多半是教养类的新书，六百日元上下就能买一本，标题都是《为什么○○是××？》之类的书籍。

岸完太，高一。他是特别随便的人，那个挂着一堆挂件的手机一天到晚响个不停。一下课，他就用发蜡把头发整得直冲天际。这家伙，简直把印刷准备室当成了化妆间。

还有一个高一的学生叫五日市公也。岸是指望不上了，五日市写起报道来还挺像样的。有时候他那种见风使舵的说话方式挺让人恼火的，不过我明白他是一个认真的人。但还是得防着点。

四人中，似乎并没有我的战友。在船户高中新闻社里，我是孤立无援的。

我并不害怕孤立无援本身，因为本来就是打算独自写报道。然而，不分版面给我，就什么都干不了。为什么这群人都是这副腔调呢？尽管不知道能否干成，可也正因为是社团出版的校报，才有可能在失败以后推倒重来。他们就没想过这一点吗？

“我明白了。”

我已经什么都不想再说了，能做的只剩下愤然跑出活动室。

窝着一肚子火回到教室后，迎接我的是某人的苦笑：

“哟，白费力气了，辛苦辛苦。”

我走到那家伙的桌旁，一屁股坐了上去，说：

“少说这些难听的，好像你一开始就料到这结果似的。”

“我当然料到啦。哪怕没料到，看你的脸色也该知道了。”

“我脸上表现得这么明显？”

那家伙用拇指和食指的指肚比出一条缝，意思是“有那么点明显啦”。

冰谷优人，我和他是初中在补习班里认识的。进了高中，知道和他分到一个班时我还挺高兴的。他虽不是面无表情的那类人，但一言不发地坐着的时候，看上去似乎有着很复杂的烦恼，显得忧郁无比。他的五官很中性，即便在男生看来都觉得颇为端正。他跟我搭话时，常常带着轻佻的高音。

撇开容貌，我对这家伙的头脑可是自愧不如。

不管什么事，他总是能理解得非常快。我也算是付出了努力才进了船户高中，但冰谷就这样稀里糊涂地轻松通过了考试。而且他不仅成绩好，也很善于教人。实际上，我在补习班可没少受他帮助。

这家伙要是再霸气一点，应该能搞出些有意思的名堂来。但他只腆着一张与世无争的笑脸，没有做过什么出格之事。现在的他也用那样的笑脸对着我，说道：

“我也懂你的不满啦。的确，我们学校新闻社做的事确实挺无聊。”

“对吧？”

我捏紧了拳头。

“现在有新闻社的高中挺少见的，我还在想有多厉害呢，结果除了模仿去年的报道就没别的可干了。”

“也不是在模仿吧？”

冰谷听罢，轻轻地耸了耸肩。

“新闻社只是在写每年例行活动的报道嘛……只不过今年的例行活动跟去年没什么变化罢了。”

“结果都一样！”

今年的九月号是以体育节报道为中心。当然，去年的九月号也是，前年也是。我也明白这种状况是无可奈何的。校报总不可能连体育节都不提，但是也用不着占满所有的版面吧？无法加点自己的东西进去，这还有什么乐趣呢？

我的不满就在这里。只有校内的话题，那这报纸就缺乏变化。我觉得应该拓宽视野。素材我也准备妥了——暑假里发生的那起绑架事件。要是有人叫我写，我立马就能写出来。要是能采访，我还能写成连载报道呢。

可是我的提议被一口否决了。堂岛社长根本就没把我当回事。面对无处发泄愤懑的我，冰谷仰起一张仿佛在说“你这家伙真让人头疼”的脸，说道：

“所以我不是说了吗？没用的。”

如果我问他为什么觉得没用，恐怕他会给出一连串理由吧，而且我肯定会全部认同。

不，其实我也意识到这样是没用的。入学至今已将近半年，足以让我掌握新闻社的倾向了。

社团里没有人在寻求变化，我多少明白这一点。可是——

“认为没用所以不做，那是你。即便如此还选择去尝试的，是我啊。”

冰谷的嘴角上扬。

“真靠谱啊。”

我知道他是在戏弄我，可我也不是随随便便就妥协的人。

“那么冰谷，你也是上过三年初中的对吧？”

“是吧，这是国家规定嘛。”

这突如其来的话题让他有点困惑，可他那爱打岔的说话方式仍旧没变。

“算是度过了充实的三年吧。”

“那你有没有干过让你印象深刻的事？”

冰谷稍稍皱起眉头。我感觉到他的表情似乎表现出他拒绝过于热血的话题，即使这样我也要说到最后——

“我没干过。三年来，除了学习和参加社团，就没了。我不想再重复相同的三年了。虽然我是这么想的，可这都已经过去半年了。你的数学这么好，应该明白吧？三年，只有六个半年啊。”

可冰谷仍是那种顾左右而言他的腔调：

“你的志向很好。但要通过新闻社来实现，方向稍微有点歪了吧。真想出人头地，你该找一个更正统的路子才对呀。”

这话戳中了我的痛点。冰谷向沉默不语的我甩了甩手：

“好啦，我一直都在给你加油。不管什么时候，我都会支持你的。”

他这说法，仿佛跟在“不管什么时候”后面的其实是“我都会支持任何人”似的。

说真的，我并不希望冰谷为我加油，而希望他成为我的战友。但自尊心作祟，我实在说不出这句话，于是只能再次愤然地走出了自己的教室。

3

直觉没有奏效。我看着便条上的字迹以为是男生所写，可放学后在教室里等着我的，却是一个女生。

火烧云失去了灼人眼目的鲜红，颜色忽然就黯淡下来。那女生站在窗边，窗开着。外面的风似乎很大，她那夏季校服的裙子被吹得不停摇摆。

我认识她，她是我的同班同学。这部分推理当然是正确的。但我不知道她叫什么名字，也不知道她为什么约我。对方开口说道：

“正好五点半，很守时嘛。”

语调平和，声音颇成熟。我对这声音有印象，说不定高一开始我们就同班了。

我曾想过应该不是什么危险的事，不过对方是一个女生确实让我松了一口气。收到邀约信，满不在乎地赴会，结果遭到群殴——毕竟我脑中也不是没闪现过这种情景。

“难得有人约我嘛，总得懂点礼貌。”

我说完，女生笑着关上窗，往我这边走近几步。

“不好意思哦，这么晚叫你过来。”

“一眨眼的工夫而已啦。”

几秒钟的沉默后，我问了一句：

“那么，你有什么事？”

女生继续往前走了一步，又一步，然后把手心重叠起来放在身前，说道：

“我有点事想问你。”

“问我？”

真没想到会有人来跟现在的我咨询一些事情。因为我已经不再多管别人的闲事了。于是，我心里泛起了一阵骚动。

不过，好吧，既然人家前来拜托，我多少也出点智慧帮个忙好了。那么，她想知道什么呢？可能的话，倒是希望稍微复杂一点，最好是别人一时半会儿弄不明白的疑难杂症。

然而，她的提问却出乎我的意料。

“小鸠同学，你和她分手了对吧？”

我立刻反应过来她说的是谁。

小佐内由纪——直到最近，还和我一样以“小市民”为目标的同伴。我和小佐内同学之间既不是情侣，也不是相互依赖的关系，而是彼此监视的互利互惠关系。为了双方都别偏离小市民之路。

我们之间的这层关系在暑假时解除了。我至今仍觉得那是十分自然的。我也好，小佐内同学也好，都在一步一个脚印地向小市民转变吧。可是我这位同班同学又是怎么知道这些的呢？

我突然倒吸一口凉气，能想到的只有一件事——

我和小佐内同学分手，其实是某个事件导致的结果。这件事牵扯到许多人，甚至包括违法分子。我还以为她们都被一网打尽了呢……

想到这意外的可能性，我有些畏缩。难不成，她跟那些人有关？

我下意识地防备起来。那女生看到我的反应，却瞪圆了眼睛说：

“怎么啦，你别那么吃惊好不好？”

“我也不是吃惊，只是好奇你怎么会知道。”

“一看就知道啦，暑假结束以后，我就没见你们在一起过。我的朋友也是这么说的。”

仅此而已？

我又观察了她一下，似乎真的是仅此而已。这么一来，我倒是为反应夸张的自己感到不好意思了。于是，我笑着打起马虎眼：

“这样啊？也是哦。确实能看出来吧。”

“那，你们真的是分手了？”

“嗯，分手了。”

我笑嘻嘻地回答。这时，那女生像是攥紧了拳头。我完全搞不明白那件事到底跟她有什么关系。仔细想想是不是就能想明白呢？在我正准备深入思考的时候，这位不知姓甚名谁的同班女生像是决定了午饭点什么菜似的，爽快地说了一句话：

“那……要不要跟我交往？”

“啊？”

“跟我交往吧。”

“啊？”

然后，我第一次仔细地打量了她一番。

和小佐内同学相比，她的个子算高的了。不过要找比小佐内同学还矮的女生，怕是得去小学才行了吧。

教室已经很暗了，我看不清她的表情，感觉她像是硬挤出了一丝微笑。她的脸有点长，留着微卷的长发，算是长波浪。船户高中的校规虽然不是特别严格，但也不会包容所有发型。这个女生大概生来就是卷发吧。她的眼角略微向下，应该算是下垂眼。脖子还真细啊，我想。

我不认为她是一个惊世骇俗的美女，但也绝对不是毫无特点。其中等偏上的姿色给我一种正在讴歌美好青春的感觉……也就是说，她属于那种过着令我艳羡的高中生活的学生。

她的眼睛闪着恶作剧般的光。

“我说小鸠同学，你的名字是叫常悟朗对吧？”

“是啊……”

“我可以叫你‘常’吗？听上去还挺帅的。”

我微笑着，但当即一口咬定：

“不行。”

我果断拒绝，于是她只好作罢。但我的回答像是答应了她的交往要求似的，难道这是她的战术？

我当然也知道，被女生表白是一件光荣的事。

作为一个小市民式的高中男生，只要没有特别的理由，就没有拒绝的必要。

因此，我开始和她交往了。

但有一个问题——

“那就这么愉快地决定了。今后请多多关照啦，小鸠！”

她叫得这么亲热，可我无法回应她。那就先从想办法弄清楚她的名字开始吧。这该怎么办呢？

我琢磨着，决定通过鞋箱的姓名牌来解决。

4

相继从印刷准备室和教室里跑出来，我已无处可去。虽然干脆回家也挺好的，不过我还有一件事得干——去图书室还书。

这本书的作者曾是报社记者，书名好像是《如何写出正确的报道》。我是为了看一看有没有能说服新闻社其他人的材料才借的，可里面都是一些抱怨，都派不上用场。看了三分之一，我就没有继续看了。现在还书期限到了，不得不来跑一趟。

距离放学已经过了很久。我从未在这种时候来过图书室，因此有点吃惊，里面几乎没有人。只有貌似图书委员的男生独自坐在柜台后，入迷地看着什么书。我不好意思打扰他，便直接把书放进了还书的箱子里。

任堂岛社长摆布，被冰谷嘲笑，书也没看完就还了——今天真是诸事不顺，毫无希望。于是，我便想着换一本书看看。

然而，高中的图书室里几乎没什么能给新闻社高一社员带来助益的书。我好不容易找到一本《优良报道的写法》，打算先找个位子坐下看两页再决定要不要借。当我把书包放在身边的座位上，坐了下来准备翻开书时，突然发现正对面的位子上放着别人的书包——船户高中指定的绣了校章的白色书包。

在几乎没有人的图书室里，明明有那么多座位，却偏偏坐到了这个人的正对面。看起来像是故意在跟对方暗示什么……我虽然觉得有点不妙，但也没刻意换位子。这又没什么大不了的。

然而，看到抱着书回来的那个人，我的呼吸一下子停止了。

我知道她。

应该是我知道她，但她不知道我吧。她好像是堂岛社长的熟人，来过几次新闻社。

我最初见到她的第一印象是：好小啊。漂亮的黑发剪成波波头，看上去有点像假发，整个人感觉怪怪的。后来我想到，形容一个人像人偶的说法或许就该在那种时候用吧。

第二次见到她时，我的印象也仅仅停留在：高中校服不太适合她。她似乎是来找社长帮忙，只说了一句“因为那件事……”。堂岛社长到底是新闻社的社长，人脉颇广。我想，大概是围绕报道跟他有什么约定吧。

而我会对她另眼相看，是在第三次见面。因为就在暑假结束后不久，所以距今并不太远。

印刷准备室里只有我和堂岛社长两个人。那时我们还没开始做下月的校报，因为我对新闻社的方针极其不满，所以我们待在活动室里一言不发。我摊着笔记本，好像是在做作业。堂岛社长则双手抱胸，盯着天花板若有所思。我记得他的右手贴着创可贴，好像是暑假的时候受了伤。

这个女生冷不防地打开了印刷准备室的门，径直走到坐在折椅上的堂岛社长身边。什么开场白也没有，她直接就把嘴唇凑到他的耳际。

她似乎在低声说着什么。

我不知道说话的内容。只是，在那个瞬间，我的背上爬过一阵寒意。

光凭身高和容貌，怎么看都不觉得这女生和我是同一年级的，倒像是从哪个初中溜进来的。在耳语的那个瞬间，她眯起了眼睛，俯身到堂岛社长耳边的动作十分优美。我被猛地惊艳到了，移不开视线。那是否就是妩媚呢？或许不是。是因为她的容貌、表情、动作都毫不搭调，反倒引人注目。在许久以后，我想到或许“娇媚”就该用在那种时候吧……而当时，我只是傻傻地张着嘴看着这一切。

堂岛社长听到耳语后，眼珠“骨碌”地一转，但双手抱胸的姿势纹丝未动。看不出到底是好事还是坏事，不过耳语的内容并不长。最终社长吐出一句“知道了”，那女生便将嘴唇从他耳边移开。

然后，她像是刚注意到我一般，倏地扭过头来看着我。她刚才还眯着眼睛，此刻则直勾勾地盯着我。我感到背上浮起一层冷汗。

她微微勾了一下嘴角。我觉得她在说：“这事跟你无关哦。”

当只剩下我和堂岛社长两个人时，我跟他打听起她来。社长意外地露出一脸苦涩，说：

“她叫小佐内。嗯……挺难对付的家伙。”

现在，在放学后的图书室里站在我面前的，就是这位小佐内。

“你是找我有什么事吗？”

她突然问。我这才意识到自己正直勾勾地盯着她的脸。

“啊啊，没有，对不起。”

我垂下眼睛。她明显是对我产生了怀疑，不过最终只是说了一句：

“我好像在哪里见过你。”

“啊啊，嗯，大概是的。”

幸好坐在椅子上，我想。我的三半规管像是出了故障似的，整个人晕乎乎的。

“我想应该是在新闻社见过。”

“新闻社……”

她面露难色，伸出右手食指戳在软软的脸颊上。她思考的时间并不长，之后轻轻地摇了摇头说：

“想不起来了。对不起哦。”

“啊啊，嗯。只是惊鸿一瞥而已，不怪你啦。”

我拼命挤出一丝微笑，自己都觉得滑稽得要命。我们分明对视了那么久，她却记不得了，这实在太不可思议。或许只有我觉得过了很久，但实际上只是一瞬间也说不定。

小佐内又说了一遍：

“对不起哦。”

说着，她把手里的书放到桌上，然后双手支着桌面，再次问道：

“那么，你找我有什么事呢？”

她的口吻并不柔和，但也没有拒绝我的意思。怎么说呢，感觉像是在测算我们之间的距离……这种时候女生们都会这样吗？还是说只有小佐内会散发出这种气场呢？

她彻底误会了，以为我是在蹲守她。这也难怪。

“啊啊，不是。”

我想说我只是没注意，偶然坐到了这里。

但是，这么说实在太可惜了。

除了坐在柜台连头也不抬的书虫图书委员，图书室里没有其他人。

小佐内就在离我几十厘米的地方盯着我。这种偶然是不可能预料到的，我也没做好任何心理准备。不过，瓜野高彦的特点就是任何时候都能立刻做好心理准备。

小佐内在等待我回话。那么，我就说吧，现在就说。

“我……迷上你了。”

“什么？”

“是从那个时候开始的。虽然你并不记得我了。假如你现在有空，能不能听我说说话呢？就一会儿。”

我也真是够大胆的，说话时丝毫没有结巴，甚至还始终面带笑容。

小佐内使劲眨巴了几下眼睛，然后直勾勾地凝视着我，像是要从我脸上找出开玩笑或捉弄人的神色。这时我要是笑出声来，或是移开视线，机会肯定就消失了。我很明白这点，所以正面迎上了她的视线。

直到现在我才意识到，今天的火烧云特别红。

结果，小佐内笑出声来了。她直视着我，轻轻地扑哧一笑：

“目的明确的男生，我还真不讨厌。”

我打从心底松了一口气。光顾着装出从容的样子，我都没意识到自己已经快使尽全力了。小佐内笑了，她说她不讨厌我。

她从桌上拿起一本书，用它遮住自己的嘴角说：

“好啊。不过要聊天就不能在图书室了。我知道一家不错的店。他们家的草莓蛋糕特别棒。”

我立刻站了起来，说道：

“那……走吧。”

真没出息。刚才还伶牙俐齿的，现在光这一句话，声音却莫名地变尖了。不过，我也没为这小小的失败而感到懊丧。

因为我的脑子一片空白，无法思考。

温暖之冬

1

小佐内，名叫由纪。

我觉得这名字很可爱，跟某些地方不太靠谱的她本人也挺搭。

不知为何，从开始交往的那天起，她就没对我显露过生分。由行为举止来看，她也不是那种会和人打成一片的性格。不如说正相反，她甚至会四处逃窜躲着那些不太熟悉的人。可对于我，她的态度从一开始就十分正常。

我们像在十字路口发生直行相撞事故那般，突然开始交往，而时刻绷着一根弦的一直是我。放学和她一起离校回家已经半个月了，可我至今仍未习惯。

就在这半个月里，我被丢了一颗巨大的炸弹。

原本，船户高中的所有学生都得佩戴班级徽章。男生戴在领口，女生戴在胸前。不过这规矩已经名存实亡，八成学生都不戴。因此，我一时半会也就没问那件应该早点问清楚的事。

那时应该是秋意未浓、叶子还没开始泛红之际，骑车上学的小佐内特意推着自行车和我并肩同行。我随口问了一句：

“话说，你是哪个班的？”

她看上去就像是料到了总有一天我会这么问一样，而且似乎已经准备好了某个让人忍俊不禁的答案，准备随时作答。她笑了笑，说：

“我是C班的。”

骗人，我想。因为我就是C班的。

那时，我还不太了解小佐内，所以我觉得这会不会是一个拐弯抹角的玩笑。我回了她一个不明就里的微笑，又问：

“那么，事实上呢？”

“真的呀，我真是C班的。”

“别骗人啦，我就是C班的。”

“以前也有人说我是骗子来着。但这事是真的。我是C班的哦。”

然后，她抬头注视着我的脸，悄悄地加了一句：

“高二的哦。”

我一直以为她是高一的，从来没怀疑过。因为她实在是太小巧可爱了。

当然，最初我是不信的。然而小佐内若无其事地从胸前的口袋里拿出了学生证，入学年度那一栏的数字比我的早了一年。我张口结舌地说道：

“你是……学姐吗？”

她看上去很开心。

“嗯。不过，我们跟以前一样就好啦。我看上去也不像学姐是吧，瓜野同学？”

实际上，我真看不出她是学姐。

对于这段插曲，知道我和小佐内开始交往的冰谷曾这样打趣：

“搞什么嘛，我都不知道原来瓜野是萝莉控啊。”

我给了他肚子一拳，以还击这个如此低级趣味的玩笑。

不久后，寒风阵起，落叶飘零，冬天来了。

不记得那时是否已经是十二月，某一天小佐内约我放学后去咖啡馆。店名叫“格雷伯爵2”，小巧雅致，完全就是面向女生的店。

小佐内经常出入这种咖啡馆，不是因为喜欢咖啡或红茶，而是喜欢蛋糕。在这家店也是，她连菜单都不看就开始点餐：

“蛋糕套餐，红茶要加牛奶，蛋糕要提拉米苏。”

我可没那么多零花钱，只能硬着头皮小声嘟囔了一句：

“我只要咖啡。”

提拉米苏是装在玻璃杯里的。她先用勺肚轻抚了一下蛋糕表面。洒在提拉米苏上的可可粉沾在勺子上，她伸出舌头舔了舔。怎么说呢，看上去好像要弄猎物的猫一样。

与她不同的是，我完全不知怎么对付那烫得要命的咖啡，便加了糖漫不经心地搅拌起来。当着小佐内的面，我不想显得自己很没规矩，便留意着不让勺子碰到杯子，轻轻地搅拌着。

“喂。”

突然，小佐内跟我搭话了。我没出声，只是抬眼看她。她停下要弄提拉米苏的手，竖着勺子问：

“干吗叹气？”

她这么一说，我这才意识到自己叹气了。如果我们在一起时是她叹气了，我大概会以为是自己令她感到无聊从而惊慌失措吧。于是，我放下勺子赶紧道歉：

“对不起，有点心事。”

“是有什么烦恼吗？”

她捏着勺子，轻轻挥了挥。

“跟姐姐说说看？”

在旁人看来，我和小佐内比起情侣，大概更像“请妹妹吃蛋糕的哥哥”吧。从这样的小佐内口中冒出“姐姐”之类的台词简直太逗了，我不自觉地笑出声来。她却压低嗓子，回了一句：

“这不是笑点……”

“咦，不是吗？”

她像是要抗议一般，把勺子一口气戳进提拉米苏。勺子撞到杯底，发出铮铮的声响。

如果我真的叹气了，那么原因很明显。我没想过要找姐姐谈心，只是希望她能听我说一说。

我原本也没打算说得很严肃，可声音不由自主地沉了下去：

“我说，你会看校报吗？”

“校报，是指《船户月报》吗？”

我吃了一惊。

原则上，新闻社制作的校报是每月一日发行。但碰上长期放假或考试等情况都会有所调整，因此所谓的“一日”基本只是一个形式。校报共八版，以前会拜托印刷店，现在都用电脑写报道了，所以就用学校配备的打印机印给全校学生。

近千张校报得一张张折起来，工程浩大，而派发也是体力活。我们几个新闻社社员得在“一日”早上把它们摆到全校学生的桌上。虽说这是学校的传统，我却从“不这样的话，没有人会去拿校报”的这个传统中感到阵阵悲凉。我观察了一下班里，其实几乎没人看。每月一日放学后，各个教室的垃圾箱里就塞满了校报。

这份报纸，就叫《船户月报》，虽然连我们新闻社的社员偶尔都会忘记。

“你怎么会知道？”

这是一个奇怪的问题。小佐内轻声笑起来：

“那是我朋友做的嘛。既然发了，那我就看看啦。”

她说的是堂岛社长。我和她已经交往三个月，却从没问过她和堂岛社长的关系。自从暑假后那一回，她就再也没来过活动室……我是想问一下的，但决定回头再说。一方面是觉得现在没必要问，最重要的是问得太细会显得我是一个心胸特别狭窄的男人。

现在得说校报。

“那么，你有什么感觉？”

“什么感觉？”

“有意思吗？”

我不知道是谁说小佐内是“骗子”，但毫无疑问，此刻的她说了真话。她毫不迟疑地说了一句：

“很普通。”

我苦笑道：

“很普通……就没有好听点的说法吗？”

“嗯。普通中的普通，稀有至极的普通。我每次看《船户月报》时都会想，这报纸普通到惊天地泣鬼神的地步了啊……”

她的反馈带着预料之外的生动表现。这么听来，甚至会觉得“普通”是一件十分伟大的事。

不管怎样，正如小佐内所说，《船户月报》很普通，太普通了。

“没错。”

我只能点头，然后加重语气说道：

“我一直觉得，这样下去不行。我有改变现状的想法——加入更多校外报道。虽然不可能一步登天，但至少能成为某种契机。

“可是没有人赞成我的想法，我没法付诸行动。或许我就是为了这事在叹气。”

十月一日派发的十月号以体育节的报道告终，十一月号是文化节，十二月号肯定是年末特辑。

我都反复表示不能仅仅照搬历年的传统，可也找不到什么决胜的招，只是任时间一点点流走。平时我不过是有点生气，可偶尔就很想大吼大叫，有时候甚至会陷入抑郁状态中，叹上一两声气。

“为什么？”

小佐内问我。

“什么为什么？”

“嗯，为什么你会觉得这样下去不行？”

我没能立刻明白她想问什么。普通中的普通，这种报纸，除了“不行”还有什么？

“那你喜欢《船户月报》吗？”

小佐内愣了一下，把勺子含在嘴里。我这才注意到，刚刚还只有可可粉被玩弄的提拉米苏，此刻就像被纵向劈开似的，有一半已经消失得干干净净。这是什么速度……然后，她衔着勺子摇了摇头，说道：

“喜欢不起来。”

“对吧？这就说明不行。得让大家更爱看它，得让大家都说喜欢它，才行。”

小佐内小声哼了一声，把勺子放到碟子上，一脸复杂地说道：

“这构不成‘不行’的理由。瓜野同学你非常喜欢那份校报，是吗？所以，你希望大家都去看？”

原来她是这个意思。我端起咖啡喝了一口，还是很烫。

“经你这么一问，我觉得答案是否定的。我只是想拍着胸脯说：不是别人，而是我，写出了前无古人的《船户月报》报道。”

我感到还没有说完整，又补充道：

“我不是想出名。只不过，怎么说好呢，我是希望能在某个地方留下‘瓜野高彦曾就读于船户高中’这样的痕迹。这么说是不是有点奇怪啊？”

“没有啊。”

这次，小佐内莞尔一笑。

“这么说我就懂了……应该就像下雪的早晨，第一个跑到路上留下脚印的那种感觉。”

真浪漫。小佐内到底是女生。

“然后，为了让别人都留不了脚印，一口气把雪都铲走。”

“这是干吗？”

“啊？我不是说了吗，为了不让别人留下脚印。”

我还是不太抓得住小佐内开玩笑的品位。

她像是想起什么似的，加快了勺子的速度。剩下的一半提拉米苏一下子被夷平了。她吃得太急，嘴边沾了不少可可粉。她也没注意，只是说：

“嗯，我想为你加油助威……行吗？”

助威，冰谷倒也一直在做，前不久还冲着我喊“加油——加油——”来着。

不过小佐内所谓的助威跟冰谷那种不一样，感觉她真的能让我鼓起劲来。

我当然点了点头，说：

“就靠你啦。”

◇

过了一周，加油的效果显现出来了。

每月的第一个星期五，新闻社都会召集全体社员开编辑会议。平时几乎不露面的家伙，比如岸完太，在那天也会被强制性地拖过来。

我提议写校外报道是在九月的会议上。十月、十一月那两次我保持了沉默。因为我觉得要是光提建议，不拿出点能说服人的材料，反而只会越来越不被他们当回事。当然，我也不可能什么都不干。只要攻下了领头羊，其他社员都好说。我和社长探讨了好多次，可是基本都没得到什么正面的答复，十二月的编辑会议就这样到来了。

九月提到这事的时候，我是准备了素材的——发生在暑假的那起船高学生绑架事件。然而现在，我找不到什么像样的素材。十二月还把暑假那事搬出来，这都过时了，一点儿说服力都没有。而且我也没去做采访，赤手空拳的，到底是提还是不提呢……

我把这迷茫藏在心底，迎来了会议当天。

“一月号我们要留一版放校长的寄语。然后，请各年级主任和学生会主席每人写两页纸的文章，主题是‘迎接新年之际’。这样就……嗯，搞定了。”

高二的门地以去年一月号为基础进行了说明。每次都是这样，要干的事完全按部就班。重复了太多次，以至于让我都不由得觉得：就这样不也挺好的吗？

“好。接下来决定谁去跑哪个部分吧。校长那里就全体一起去。”

堂岛社长干脆地推进着工作，安排哪个社员负责哪个对象，关照大家约稿时的注意事项。

“事先简单问一下别的社员会写点什么，内容相同的话就麻烦了。”

这些细节他也顾及到了。对于延续去年的传统，其实堂岛社长已经做得无可挑剔了。他指派我去跟高二的年级主任约稿，我便默默地接受了，反正也只是跑个腿。“我是新闻社的，今年也麻烦您写两页。”“哦哦，又到这个时候啦。”——如此而已。

确定好大致的顺序，版面分配也和往年相同。三十分钟左右以后，大家开始准备散会……要提案，就得趁现在。

然而——

“啊，请稍等一下。”

叫住站起身的众人的，并不是我。

有一个犹豫不决的声音战战兢兢地说：

“我……我也说不好是我想这么做，还是想拜托大家做，总之有一件事，大家能听我说两句吗？”

是五日市公也。他自己开口让大家“等等”，于是所有人都望向他以后，他又像承受不住那视线似的埋下了头。

“什么事？”

堂岛社长催问道。岸几乎已经完全站起身，甚至露出一副要咂舌的表情，重新坐了下来。

“那个，其实呢……”

五日市颤巍巍地从书包里抽出了《船户月报》。这是本月初出的最新号。

“像‘记者视点’或是‘闲谈’这种类型的文章，不是挺常见的吗？就跟专栏似的，在报纸一角简短地写几行最近遇到的事。我在想，《船户月报》加上这样的内容不也挺好的吗？大家觉得呢？”

从这表达看来，他还不太习惯在人前提建议。我知道他想说什么，但不知道具体发生了什么。

五日市似乎加快了语速，继续说道：

“不用写得太长。怎么说呢，我只是觉得，有这么一个能让人负起文责、且能自由发表见解的板块也挺好的吧。”

“没必要吧，这种东西。”

他话音刚落，门地立刻泼上一盆冷水。

“再说，也没什么想写的东西。而且，我想你是误会什么了吧？《船户月报》可不是你想写就能写的……”

“我说，先等等。”

堂岛社长制止了越说越来劲的门地，接着庄重地交叉起双臂，一副从容不迫且冷静沉着的样子。

“五日市，你是有什么想写的东西吧？”

这时，我终于意识到五日市和我的想法重合了。也就是说，想要一个能自由书写的板块。

一下子被直击核心，五日市变得语无伦次，但还是点了点头。

“是的。”

“说说看。”

“好。”

他像是在确认自己说的话一般，稍有些口齿不清地说道：

“那个，下个月的一月二十日，市民文化会馆里要进行慈善义卖。我们学校也有几个同学会去，但周围都是成年人，他们觉得有点怕，所以拜托我在校报上写点东西，呼吁我校同学也去参加。”

“拜托你？谁？”

“我班里的同学。那个，需要说名字吗？”

社长松开了手臂。

“不用了。我知道你的意思了。所以，是需要专栏吗？”

五日市说出了明确的目的，门地那不快的面孔拧成了一团。要是他开口的话，大概会说“区区一个高一的，要把校报当你们班的传单不成？”可他什么也没说。经过这么多次编辑会议，我算是看出来了。只要堂岛社长出面去了解别人的意图，门地似乎就开不了口。

“因为是慈善性质，所以听说收入都会捐掉。他们说，既然如此就不算做生意，希望我能帮个忙……我也跟他们说了，《船户月报》不是那种报纸……”

没有人说些什么，五日市倒是自己先找起了借口。不过，我多少懂他的心情。堂岛社长抱着手臂，默不作声的时候确实挺有压迫感的。

社长一言不发地思考起来，没过多久便开口道：

“我明白了。那我倒也想帮帮忙呢。不过，这么一来，排版就得做个大调整了。你有什么想法吗？”

“有。”

五日市好像就在等着这句话一样，把桌上的《船户月报》翻了过来，用食指指着最后一版上的其中一点说：

“把这里删掉一些的话，就能空出放专栏的版面。”

那块是编辑后记，是全体新闻社社员利用四分之一个版面所写的简单后记。一人一句又嫌多，要写点正经想法又嫌太少。说起来，这个板块就是如此尴尬。

“把这里一分为二。这么一来，就有八分之一个版面了。”

不知是谁“哦”了一声，既不是堂岛社长也不是门地，那就是岸？说不定是我不小心发出来的声音。沉默持续了几秒，但这并不是要把五日市的提案溺死在沉默中，而是正相反。或许大家都为这好点子吃了一惊。撇开五日市那个没用的专栏不说，这至少对整顿那尴尬的编辑后记有益无害。

实际上，堂岛社长听后也说了句“行是行”，但他的话语中还是掺杂了些许困惑：

“如果新闻社社员多一点，这编辑后记看起来会更像样，现在就五个人确实有点撑不起来。所以，砍掉一些也行……但是如果做成专栏，可就不是仅限这次的事了对吧？每个月都得有。五日市，每个月都由你来写吗？”

“不，我……”

五日市第一次吞吞吐吐起来。

此时，有人出乎意料地伸出了援手：

“有什么关系嘛，大家轮流写。”

一直没吭气的岸小声插了一句。

“反正每个月就一次，轮流来不就好了吗？”

“不，但是……”

门地似乎心怀不满，仍然不肯同意。

“今后社员要是增加了，《编辑后记》不就长了吗？因为现在才五个人，就自说自话要改……”

不过这时，堂岛社长厉声反驳道：

“自说自话？这事也不需要经过谁的允许吧？我们自己就能决定。”

“话是没错啊。”

“要是明年四月加入了大量新社员，到时再想也不迟。在新年度那期改版，也算一个好时机。”

说着，他环视了大家一下。

“我们少数服从多数吧……同意五日市提案的，举手。”

这事以惊人的速度获得了采纳。五日市、岸，还有我都举了手。四人里有三人同意，通过了。

“行。五日市，好好准备哦。解散。”

这件事的意义是显而易见的。

总而言之，八分之一的版面是有了，能自由地写校外报道的地方就这样从天而降。在九月的会议上，社长对我那热情似火的提议不屑一顾，但五日市这缺乏自信的说话方式却把一切都扭转了。

那天放学后，换成我约小佐内去可丽饼店。我们站着吃可丽饼时，我跟她说了这事的来龙去脉，她为我感到特别高兴。

“太好啦，瓜野同学，太好了呀！”

我以为她会含糊地回答“哦”或是“嗯”。与其说这份侥幸令人难以置信，不如说当初那些如浮云一般的辛苦令我难以释怀。莫非是“慈善”两个字比较奏效吗？

小佐内右手拿着多加了生奶油的草莓可丽饼，训斥起这样的我来：

“打起精神！这不过是有了拿到版面的可能性罢了。好好抓住这次机会，不然我的油都白加了。”

的确如此。我咬紧了后槽牙。

我瓜野高彦，要把自己的业绩镌刻在船户高中的历史上。十二月的编辑会议不过是推开了一丝门缝罢了。

暑假的绑架事件已经失去了新鲜度。我必须找出能替代它的素材，去冲击那八分之一的板块。当前，我还完全没有头绪。

能不能行呢？这份不安，肯定会被我踩在脚下。我想我能行。

看着微笑的小佐内，我有这种感觉。我的手不由自主地加重了力道。

这时，巧克力香蕉从可丽饼里被挤了出来。

2

仲丸十希子同学是一个秉性温顺的女生，温顺到几乎无法从她那有点爱玩乐的外貌中看出来。自从那天放学，她通过留言把我约出去后，我的幸福高中生活就开始了。啊啊，我活得多么充实啊，我无数次这么想。

两人一起逛校内文化节，度过了夜风稍寒的圣诞，还在正月里相约去初拜……不论是作为健全的高中生还是小市民，我的每一天都是那么无可挑剔。实际上，我完全没想过，“由于小小的误解而招来吃醋和口角”似的日子会再次降临。

那是寒假结束的前一天，和早先约好的那样，我出了门。河那边的柾目市有个叫“全景岛”的购物城正在搞新春促销，我约了仲丸同学一起去。听说所有东西都特别便宜。

到了约定的地点，身穿黑色长大衣的仲丸同学已经在等着我了。白围巾，脚上穿着靴子——这身打扮很适合苗条的她，显得很成熟。我小跑着赶了过去，说道：

“对不起啊，这么冷，让你久等了。”

仲丸同学嫣然一笑，说道：

“没事，我也刚到。”

特别随意的对话。啊啊，是幸福的味道。

然后，我们漫步在一月的街头。天气晴好，却冻入骨髓，我们吐出的白气很快消失在空中，冷得甚至让人想牵起手来。

要去目的地“全景岛”得坐公交车。

说是在邻市，倒也不太远。今天这寒气确实有些难熬，若是我一个人的话，这个距离骑个自行车也就到了。只是，仲丸同学说要坐公交车去。她有上学用的市内学生月票。

长这么大，我还几乎没怎么坐过公交车。

木良市东西向有电车经过。高架线路只在电车站周边，电车站前也有漂亮的公交车总站。不过，因为市里只有一个木良站，所以在市内移动不依靠电车。公交车倒是有很多线路，但大部分地方有辆自行车就能去了。

我会去坐公交车，是受了仲丸同学的影响。有一次我们去稍有点远的电影城看爱情电影。进去的时候天还亮着，出来时已经漆黑一片了。我便和被电影感动得眼泪汪汪的仲丸同学一起坐上了公交车。

木良市的公交车是统一的票价，不管坐到哪里都是同样的价格，对于不怎么富裕的高中生来说还是挺贴心的。但这个统一票价到底是多少，我总是记不清。说来我也不是那么健忘的人，可到底是二百一十日元还是二百六十日元，我的记忆是模糊的，只记得一个琐碎的细节——好像需要一个十日元硬币。如果问仲丸同学“坐公交车要多少钱”也挺丢脸的，于是我就在口袋里装了很多硬币。

我们肩并肩在车站等着。时刻表上写十点四十二分会有一趟车，可五十分都过了，公交车还没来。车站只有长椅，连个挡风的东西都没有。我想着仲丸同学会不会冷，扭头一看身边，正好她也在看我。这时机凑巧得有些滑稽，我们都笑了起来。

“仲丸同学，太冷了，你去找个没风的地方躲躲吧？车来了的话我告诉你。”

我说完，仲丸同学维持着手插口袋的姿势说：

“这点冷不算什么啦。小鸠鸠才是，不戴围巾不冷吗？”

最开始那天，我拒绝了仲丸同学叫我“常”的请求，后来她就暂时管我叫“小鸠君”。不过在她的字典里，“君”似乎是一个奇怪的字眼，在多次询问“能叫你‘常’吗”被反复拒绝后，她对我的称呼就定格在了“小鸠鸠”。然后，发音逐渐变化，现在听上去几乎就是“小鸠球”，偶尔也像“小松球”。小松是谁啊?!

远处传来了警笛的声响。我当然分得清消防、急救和警察分别的警笛声，那是消防的。

我还以为离得很远，然而不一会儿声音变得更加响亮。在公交车即将开过来的道路尽头出现了消防车。那是两辆车身上刷着“桧町2”**（注：町，日本地方自治团体单位，介于市与村之间）**字样的水罐消防车，车速也不算十分快。它从我们面前驶过后闯过了红灯。我的耳中出现了多普勒效应。

“又发生了吗？”

我听见仲丸同学小声嘀咕。对此我略有点开心，因为我正好也在考虑同一件事。也就是说，我脑中冒出的也是“又发生了吗”。

最近大概是天干物燥吧，火灾很多，所以消防车的出动也比平时更频繁。我家到干线道路算是有点距离，即便如此还是经常能听见那种警笛声。莫非仲丸同学也对火灾有兴趣？要不，婉转地问一下好了。

不过我没能问出口。

“啊，来了。”

千呼万唤的公交车终于到了，像是追着那消防车似的。木良公交车南方线，途经全景岛。

我刚想着票价是多少，只见车身上写着“市内一律二百一十日元”。

我心想，这次一定得记住，别再忘了。

这辆公交车是从车体中央的门上车的。走上台阶后，立刻能看到换零钱的机器。仲丸同学回过头问我：

“带零钱了吗？”

“带了。”

准备万全。考虑到还有可能是二百六十日元，我便在口袋里放了足够的零钱……应该够吧——被她这么一问我又担心起来，于是暗暗地摸了摸口袋里的硬币。仲丸同学则从钱包里拿出一枚五百日元的硬币，换成了零钱。

车费是在下车的时候付的。其实，木良市有民营的“木良公交车”和市营的“木良市公交车”两套系统，市营公交车是上车付费。这也是容易弄错的地方。我以为这种明显会给人带来不便的问题很快就能得到改善，可目前仍是先付和后付的情况都存在。我们现在坐的是民营公交车，所以毫无疑问是下车再付。

上了车，我发现它比预想的要拥挤。尽管没到沙丁鱼罐头的程度，但座位上填满了人。几乎不坐公交车的我向仲丸同学讨教起来：

“一直都是这么多人的吗？”

听到我的话后，仲丸同学露出有点惊讶的表情说：

“说什么啊，这才刚刚开始呢。”

接下来会出现什么状况，我是不清楚的。不过既然她说“这才刚刚开始”，那到时候就清楚了吧。我又问：

“路上得花多久？”

“我想想，堵车的话二十分钟吧。可能会更快些。”

她正说着，很快就看到下一个公交车站了。我都不知道原来公交车站的间隔这么短。

而这时，我明白仲丸同学那句话的意思了。

刚才那站只有我们二人。但不知是什么魔法效应，这站竟然排着很长的队伍。这队伍之长，称它为“长蛇”也不为过。有的人卷着围巾，有的人戴着毛线帽，裹得严严实实，毫无疑问他们都在等这辆公交车。

在这寒冬之中北风之下，所有人都铁青着脸，用充满仇恨的眼神盯着我，不，是盯着这辆公交车。从某种程度来说，这光景给人一种十分凄惨的印象。

公交车停下后，车体中央的门打开了。公交车开始吞噬那条长蛇。说实话，我觉得连他们的一半都装不下吧。但是我错了。蛇，并不是用来形容在车站等车的那条队伍，而应该用在这辆公交车上。木良公交车的车体仿佛吞下鸟蛋的蛇一般，以难以置信的柔性容纳了所有乘客。上车的人不断增加，车内的人口密度顿时飙升。在遭到推搡、拉扯、挤压之后，最终我以高举双手的姿势和仲丸同学贴到了一起。她身上的古龙水香味弥散在周围。

刚才仲丸同学那句“这才刚刚开始呢”，原来是“车内的拥挤这才刚刚开始”的意思。把碰头地点定在宛如地狱的一站之前，她所掌握的知识令我好生敬佩。并且，在知悉这种拥挤后仍然选择公交车的她也是勇气可嘉。我为自己小看了普通的高中女生而深刻反省了一番。

然而，仲丸同学利落地辜负了我的敬佩。

“怎么会这么挤啊……”

看来今天的拥挤程度连仲丸同学都没料到。虽说今天是工作日，但毕竟在正月里，和平时还是有诸多不同的吧。

我像是被枪指着的银行柜员那样愚蠢地高举着双手，就这样被运往全景岛。此时，哪怕有扒手掏了我的口袋，我也没法制止他。所幸，在这种拥挤之下，再熟练的扒手大概也得费出九牛二虎之力才能自保。这姿势要维持二十分钟还真有点痛苦。

公交车的空调完全没发挥作用。从毫无遮拦的公交车站上车那会儿，我也没立刻感到“啊，空调真暖和呀”。不过，经过挤馒头游戏（**注：日本一种儿童游戏，多人背对背围成圈相互推搡，可借此取暖**）之后，身体倒是迅速暖了起来，额头甚至都冒汗了。并且，我旁边的是仲丸同学，实在不可能毫无顾忌地压过去。为了防止其他乘客的压力波及她，我憋着劲儿使出了浑身的力气。

不知是不是注意到了我的苦恼，她说：

“再过三站应该能稍微轻松点了。”

那就忍忍——我就是这样的人。就让我调动起平时不会用的背部肌肉，保护仲丸同学不受这乱世的侵扰吧。我心中刚涌起这股悲壮的决心，耳中就传来一段瞧不起人似的广播，语调十分明快：

“木良市政府通告。六十岁以上的老人请使用敬老卡。工作日白天可免费乘坐市内公交车，其他时间段半价。下车时请向乘务员出示敬老卡。乘坐公交车有助于降低地球温室效应。以您的乘坐，留住公交车路线。以上是木良市政府通告。”

市政府连民营公交车都会补助吗？不过，要是这么多乘客坐车都保不住这条路线，恐怕干什么也都白搭，我想。

下一个站也有好几个乘客在等着，不过公交车没有停。大概是司机用我听不清的声音嘟囔了一句：

“满员了，请等下一趟车。”

我面前有个下车按钮。看见按钮就想按，是小市民的习性。快到全景岛的时候，我就按一按吧。我一边想，一边看着这按钮，然后上面有一块污迹引起了我的注意。本该是纯白的按钮边缘沾着一小块红褐色。难道是血迹吗？

好吧，多半是巧克力吧。我仔细看了看，只有褐色，几乎不怎么红。

“小鸠球，看什么呢？”

看你啊！是假的啦。一股莫名的节奏加大了压在我背上的力道，我前倾着身体咬紧牙关。

这时，明快的车内广播又响了：

“下一站，桧町二丁目，桧町二丁目。前往菜品丰富的日本料理店‘春景’，可在本站下车。即将下车的乘客请按铃通知。”

铃声立即响了。广播继续说：

“下一站，停车。”

我抬起头，注意到一件事。

面前这个按钮上的污迹在几秒之内被谁擦过了。虽然没有完全擦除，但留下了抹过的痕迹。

理由很明显。我身边的某人按了这个按钮，按响了下车铃。站着的乘客如果要按，必须伸长手臂越过我或仲丸同学的肩膀才行，要不就得蹲着从下方钻上来。

我没有发现那样做的人，所以按按钮的估计是在这噩梦般的混乱中悠然自得地坐在座位上的贵族。虽然不知道会下去几个人，但只要能降低点密度，三两个人也足够令我欢呼的了。

然而，在下一站等着我的是一个十分奇妙的状况与一段万分尴尬的时间。

公交车停了。尽管有人在等，但司机并没有打开中门的意思。毕竟已经人满为患。当然，前门开了，因为有人要从那里下车。

可是谁也没动，没人下车，甚至没看到要下车的人。司机拿起话筒通报道：

“桧町二丁目到了。”

车内仍然没有动静。化身无名大众的乘客们像是丢弃了礼貌性漠不关心的美德，纷纷毫无顾忌地相互瞪视着。是谁按的铃？都怪他，现在车停了。停就停了吧，可你要下就快点下——紧张的气氛渲染开来，原本就拥挤不堪的车内充满了异样的紧迫感。

大概有人打算从下车专用的前门上车，司机用很不愉快的声音制止道：

“那边不能上车。请再等一等，这辆车已经满员了。”

我是知道的，按按钮的是我身边座位上的两人之一，她们坐在两个一前一后的单人座上。

坐在前面的是一个女学生，穿着西装款式的校服，戴着耳机，视线落在手里的文库书上。后面的是一个老奶奶，她即便坐着也拄着拐杖，像是受不了这苦闷的空间一般弓着背。她们都没有要动的样子。

那么说来，就是弄错了要下的站，不小心按了按钮？司机似乎也是这么认为的，他说道：

“没人下车是吧？那就关门了。”

公交车再次启动。比起车上乘客，这是给在桧町二丁目等着的人添了一个大麻烦。

距离仲丸同学说的那“第三个”公交车站，还得再过两个红灯。

这时，车内产生一阵不小的摇晃。我用膝盖的弹性努力去吸收那股屡屡袭来的压力。反正，好歹我想先把手放下来。

那条让我觉得能永远开下去的道路早晚会到达目的地。车内广播则用一成不变的明快声音，满不在乎地说：

“下一站，东部事务所前，东部事务所前。即将下车的乘客请按铃通知。”

在这之前已经有人按了下车铃。

“下一站，停车。”

我没听说过东部事务所，好像是一个热闹的地方，有些出乎我的意料。和仲丸同学说的一样，不少乘客都要在这里下车。但下车门在车体前面，在已无立锥之地的车内，奋力准备下车的乘客和奋力保卫立足之地的乘客之间又发生了摩擦。

不过，这么一来多少宽松了一些。尽管公交车上仍然很多人，可我终于能把手放下，让背部和原本紧贴着的仲丸同学保持一定距离，舒出一口气来。我感觉仿佛在公交车上晃了已有一小时之久。

本该习惯公交车的仲丸同学也叹了一口气说道：

“啊啊，好难受。”

“都出汗了呢。”

我们相视苦笑。

刚才仅为保持姿势便已无暇顾他的大脑，终于获得了些许的余力。这个瞬间，我突然发现自己正站在某个好机会面前。

“啊……”

我甚至情不自禁地叫出了声。

“怎么了，小鸠鸠？”

我都忘了要回答满脸讶异的仲丸同学。

那一前一后的两个单人座，坐在前面的是女学生，后面的是老奶奶。

这两人中有一个刚才错按了下车铃……也就是说，她们有可能即将下车。而现在的我可以往任意一边移动。

只要站在快下车的乘客面前，对方一起身，我瞬间就能抢到座位！

不，我不是想自己坐，不是这么回事。我是想为我那可爱的交往对象——有着长波浪发型的仲丸十希子同学提供一个座位。

在这如地狱一般的车里，可不允许有模棱两可的态度。

女学生，还是老奶奶？要是不能明确地把仲丸同学引导到其中一人的面前，这抢椅子游戏可是没有胜算的。时间也所剩无几了。即使估算得再远点，机会恐怕也就到下一站为止。在那之前我必须做出判断。女学生，还是老奶奶——下车的到底是谁。

“稍微等等哦。”

“等？等什么？”

送你一个礼物，稍微等等，送你一个座位哦。

我琢磨着，决定开始细致且迅速地观察。

所幸，离我不远处就贴着路线图。看了之后，我发现这辆公交车一路开来跑得还挺远。不过目前最重要的，是接下来的路程。

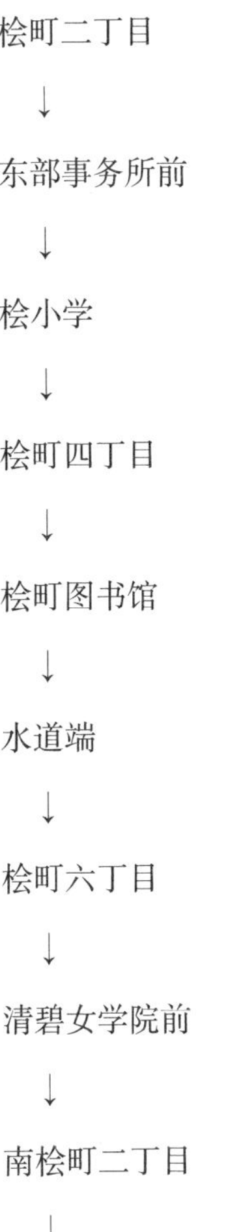

桧町二丁目

↓

东部事务所前

↓

桧小学

↓

桧町四丁目

↓

桧町图书馆

↓

水道端

↓

桧町六丁目

↓

清碧女学院前

↓

南桧町二丁目

↓

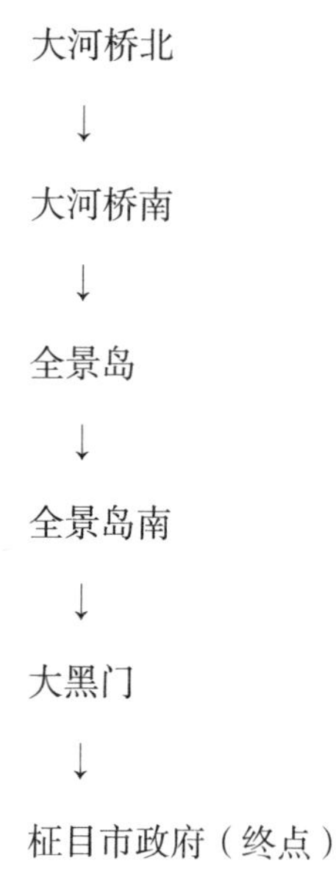

这么一看，刚才为什么有人会按错按钮就明明白白了。因为以“桧町”开头的车站实在太多了。若是被什么事分散注意力，或是听力不好，就会按错按钮，那也是无可奈何的吧。也就是说，如果顺利，二人的其中之一会在下下站“桧町四丁目”下车，再晚点也会在“南桧町二丁目”下。

那么，到底谁会下车呢？是谁按的按钮呢？我转动眼珠四处观察起来。

女学生戴着小型耳机，耳机线消失在她脚边的大手提包里。我完全听不见她在听什么音乐，或许是音乐声淹没在公交车的引擎声中，也可能是她调低了音量。

需要注意的是从文库书上方冒出来的“书签”。假如我没看错，感觉那和仲丸同学那张“市内学生月票”是同一个东西。不仅颜色一模一样，而且还能看到“木良公交车”“市内月票”的字样。

女学生穿着的是深藏青色的西装，胸前绣着校章。这不是我所在的船户高中的校服，我校女生穿的是水手服。可我也不知道那是哪个学校的，毕竟我并不精通校服学。她戴着防寒的围巾，灰色，很朴素。

那个有问题的按钮在她座位靠背的斜上方。如果她要按按钮，就必须把手弯到后面。不过，车里到处都有下车按钮，她面前也有一个。如果要按那个，她就必须把手往前伸。

在身前身后都有按钮的时候，一般来说，不是都会按前面那个吗？这个见解对“女学生按了按钮”的推论来说，多少有点不利吧。

而那个老奶奶，在车里仍拄着拐杖。依我看，她并不是那种年老体弱、一刻不撑拐杖就坐不住的类型。现在还是上午，可老奶奶的眼皮已经快合上了。这么下去，怕是很快会像汪洋里的小船那般起起伏伏吧。在意识即将中断的瞬间听到“桧町”两个字，于是慌慌张张去按按钮似乎也不是不可能。

她身穿蓝黑交错的毛衣，外面是深茶色的马甲。看上去挺暖和啊，我想。她还戴着手套，表面是皮的，但不知是不是真皮。奇妙的是，只有握着拐杖的左手戴着手套。右手搭在左手上，也保持着握的姿势。

这时，我发现老奶奶脖子上垂挂着什么东西。它的大小和银行卡差不多，装在透明的卡套里。我很快看到了卡面上的字：“敬老卡”。

我还记得刚才车内播放的通告，也就是说这位老奶奶的年龄在六十五岁以上。咦，还是六十岁来着？

下车按钮在她伸出右手就可以够到的地方。不过我也不是没有疑问。从铃响到我注意到按钮上的污迹被擦掉的间隙甚至不足十秒。这位老奶奶到底有没有可能在几秒之内完成伸手按铃，再把手放回原位的动作呢？

“小鸠鸠。”

虽然公交车里的状况比刚才有所缓解，但仍然非常拥挤。仲丸同学顾忌着周围，压低声音叫我。

我把视线继续停留在观察对象身上，答道：

“嗯？怎么了？”

“发生什么好事了吗？”

有吗？我可没想到什么好事。

“没有啊，怎么？”

“你看上去挺开心的。”

开心吗？怎么讲呢，大概吧。可就算开心，形于色就不成体统啦。虽说不用憋成苦瓜脸，但还是把嘴角的弧度收敛一下为好。

话说，漫无目的的观察只不过是直勾勾地盯着她们罢了。仅仅是按个塑料按钮的工夫，人类的外观是不会有改变的。如果能让我看看她们的食指肚，说不定就能发现沾上的污迹了。

不，严密来说，还有一种可能。假设车里有个在吃类似开心果这类零食的乘客，为了按按钮而探出身去。此时，堆在大腿处的果壳纷纷落下。那么，这个原理是否能套用到本次事件中呢……

不能。她们的腿上都没有果壳，膝盖上甚至都没铺东西。我也不可能突然冲上去问“能让我看看食指吗”。

因此，仅仅抱着“哪个人按了按钮”的目的去观察，是找不出答案的。

我想知道的是，老奶奶和女学生到底哪位会先下车。那么，快下车的人会表现出什么特征呢？

我问仲丸同学：

“要帮你拿围巾吗？”

都怪那挤馒头游戏，车里非常热，内外温差弄得人几乎要冒汗。仲丸同学正把围巾扯开，想让脖子凉快点。

“好啊，谢谢。”

她笑着说。

说来，座位上的女学生把围巾裹得好好的。我是不是能认为这是她在为即将下车做准备呢？

不是吧。

我们会觉得热是因为在拥挤的车里被推来搡去。单纯坐在座位上的女学生戴着围巾并不奇怪。

那么老奶奶又如何呢？只戴了一边手套，算是在为下车做准备吗？

硬要说的话，会是这样：之前老奶奶两只手都没戴。以为快到站时，她左手戴上手套，按了下车按钮。然后，她发现自己按错了，于是右手就没戴手套。

我认为这是有可能的，但可能性实在也不高。另外，她的右手为什么会变白呢？握得那么紧，是在生气吗？

再来看看女学生那本书吧。假如她刚才合上书丢进手提包里再端坐好，不用推理我也能得出这个结论：“啊，快下车了吧”。可事实正相反，她至今还在入迷地看着书，也就是说没有立刻下车的打算？

不是吧。光从她还在看书这一件事，恐怕既得不出她立刻要下车这个结论，也得不出她暂时不下车这个结论吧。

我听见仲丸同学说：

“喂，到了‘全景岛’，能先去一下鞋店吗？我想要双靴子，可是又不能穿去学校，怎么办好呢？”

靴子不行的话，竹皮屐之类的怎么样？能跟草履区分开就行。

要下车的人会怎么做呢？收拾手边的东西，戴上帽子，然后拨开人群走下公交车，站到马路上。仅此而已吗？如果是我自己将在下一站下车，又会做些什么呢？

没时间了。事已至此，推理贵神速。

我想啊，想啊，想啊。要下车的人会干吗呢？

要下车的人。

我一边想，一边无意识地把手伸进口袋。

啊，对啊。

心头同时涌起了想拍手叫好和想破口大骂这两种情绪。我怎么就没发现呢？愚不可及！我只能认为，是平常的腼腆、平常的对话、电影、购物和假笑让自己的头脑生了锈。没错，零钱——解决一切的钥匙在零钱上。

不是别的，正是我的口袋给了我提示。市营公交车是先付车费的，可木良公交车不同。

这里的车费是下车才付。也就是说，要下木良公交车的人会攥着零钱。

我的眼睛仿佛透视般清晰地看到了老奶奶右手里的东西。那紧握的手里肯定就是零钱。除此以外，这公交车里不存在摘掉一只手套后还要维持握拳姿势的状况。

说白了就是这样：原本老奶奶双手戴着手套，然后她掏出钱包。戴着手套没法拿零钱，所以她摘掉了右手的手套，拿出了零钱。并且，由于知道需要在不久后把零钱投进车费箱，她干脆就不戴手套了！

虽然推出了结论，可我并没有获得满足。小鸠常悟朗，居然让此种程度的思考占用了那么长时间。这种情况，必须一眼看穿才行。

不过，倒也不至于太迟。我想想，是什么来着，我为什么要去猜谁会下车？

啊啊，对哦，为了座位吧？

然而——

我那热乎起来的观察力悬崖勒马，防止了我的失败。我像是被雷劈了一般，停止了行动。

我自己也没法说清那一瞬间的踌躇。不知为什么，我有种“光这些还不够，有地方看漏了”的感觉。是什么呢？

我看着老奶奶——拐杖，戴着手套的左手，光着的右手。然后，挂在脖子上的那个是什么？

可在工作日免费乘坐公交车的“敬老卡”。

就是它了。我的观察捕捉到的，毫无疑问就是这张卡。

好险。那老奶奶有敬老卡，所以她下车的时候不用付钱。

“啊，你刚才说了什么？”

仲丸同学问。我仅用笑脸回答道：

“什么也没说啊。”

那么，我的观察全白费了吗？

我下公交车的时候需要从口袋里拿出二百一十日元作为车费。但那个老奶奶只要亮一下敬老卡就够了。这样一来，无论她是下一站下，还是终点才下，这卡都隔绝了我所有的知情手段。女学生也是一样。假设如我所见，那本可恨的书里夹着的是市内学生月票，那么女学生下车时也只要让司机看一下就行了……

可是，这算是正常，还是不正常呢？

拿着市内学生月票的人，亮一下票，下车。拿着敬老卡的人，亮一下卡，下车。到这里都正常。敬老卡的作用刚才车内广播已经介绍过了。而市内学生月票，我也见仲丸同学用过。一切，正常。

如果这里没有异状，那就是别处有问题。

进高中以来，我经历过好几次类似的状况。行事马虎的朋友做热巧克力的时候，热巧克力和杯子都没问题，问题出在相关的事物上。

同样是那个人，在留暗号的时候也是如此。结论是：问题出于外部。思考时，不能全集中在一点上，只有瞳孔的外缘才能看透黑暗。

“终于，明白了。”

只要记起了铁则，那就不难找出产生不协调感的地方了。

开始行动！我扯了扯仲丸同学的袖子说：

“往这边过来一点吧。”

“嗯？为什么？”

尽管周围传来了轻微的抗议声，但在拥挤的公交车里移动几十厘米倒也没什么可奇怪的。仲丸同学十分自然地站到了女学生的旁边，像是一开始就准备站在那里似的。

这是关于公交车站之间的思考。仲丸同学是否能明白呢？

答案果然还是藏于观察中。我这部分直觉应该不会有错。只是，老奶奶也好女学生也罢，不管怎么观察都读不出任何信息。我得进一步拓宽观察的跨度才行。

我应该从一开始就质疑仲丸同学的行为。

她有市内学生月票。只要用了它，木良公交车就能带她去任何地方。

但这种想法，本身就是错误的……如果真是那样，仲丸同学应该没必要做那种事才对——

她没必要一上公交车就用零钱机把五百日元的硬币换成零钱。

因为下车时必须付零钱，仲丸同学才去换了零钱。那么市内学生月票是没用了吗？

不是的，市内学生月票在“市内”是有效的。

木良公交车的车身上也写得很清楚：车费一律二百一十日元。确切地说，是“市内一律”二百一十日元。

然而，我打从一开始就该知道，“全景岛”不在市内。它是河那边的邻市建造的购物城。

仲丸同学换了零钱，是因为她知道乘坐跨市的公交车时，光有月票不行。老奶奶也是一样，敬老卡也只在木良市才有效，刚才的广播里说了。

那就是说，攥着零钱的老奶奶至少在公交车开出木良市以前都会一直坐在那里。

那么用排除法，按错下车按钮的就是要在桧町的某处下车的女学生了。

这个思考的过程，仲丸同学是否能明白呢？

我暗暗嘀咕道：

“不可能吧。”

因为对她来说，去“全景岛”需要零钱是理所当然的。用智慧去补足知识的差距，一直都是很困难的吧。

公交车停下了，司机说：

“桧町图书馆到了。”

之前有人按了铃。女学生像是依依不舍似的合上书，拨开人潮往前门走去。在她亮出月票下车的时候，仲丸同学面前就已空出了座位。

看到这仿佛从天而降的空位，仲丸同学笑开了花。

“啊，运气太好啦！”

3

不付出行动创造机会的家伙，是笨蛋。

而不懂利用机会的家伙，就只能叫蠢蛋了。

这么看来，我似乎更接近蠢蛋。主动送上门的这八分之一的版面，在上面写什么都行。这毫无疑问就是我期待已久的机会。然而——

新年第一次编辑会议就在明天，这会儿我正在放学后的教室里抱头苦思——如字面意思那样“抱头”。年份已变，寒假已过，我仍然没找到能写的东西。桌上放着雪白的笔记本，再过去一点，是冰谷阴沉的脸。

“总不会什么都没有吧？你倒是先说说看嘛。说不定还真能打开点思路呢。”

从寒假开始前，这家伙就在给我的“专栏”出谋划策。没法报答这份友情，我真觉得丢脸。什么都不说也不是办法，于是我开始絮絮叨叨地抛出连自己都觉得不行的素材：

“圣诞节去台球场的一对情侣好像被叫去接受训导了。男方是我校的学生，不过好像没让他停学什么的。”

“哦——”

“有个小偷在‘全景岛’偷了微波炉。人没抓到，也不知是谁，不过听说大概是个高中生。”

“这样啊。”

“E班有个人碰上了事故。他骑车的时候被右转的摩托车弄伤，腿骨折，住院了。”

“还有这事儿哦？”

冰谷只是接了一句，然后就没有再说话。比起半吊子的鼓励，沉默确实让人感觉好受点。

夜里出去游荡被训导也好，遭遇交通事故也好，写这种让人腻烦的东西根本一点儿意义都没有。堂岛社长或许不会说什么，可门地他们肯定会嘲笑我小儿科，我甚至能想象出他们那副嘴脸。第一篇稿子要是没点力度，肯定完蛋。

偷微波炉稍微有点意思，仔细调查一下说不定能写出一篇好玩的报道。但是，《船户月报》能登吗？而且，我本来想写绑架事件的，现在以盗窃作为代替，这落差也太大了吧？我打心底痛恨世间那些小风小浪。

“你不是问了好多人吗？就没什么能用的素材吗？”

我不置可否地点点头，说道：

“是啦……是稍微问了一下，补习班那些人。”

“问了那位前辈吗？”

我没有立刻反应过来他说的是哪位前辈。是堂岛社长，还是门地？不管是谁，我该用什么脸去跟他们求素材啊？

但冰谷指的并不是他们。我都如此烦恼了，冰谷却露出了捉弄人的笑容来，说道：

“就是那个，看上去像后辈的可爱前辈嘛。”

他说的是小佐内。

我可不希望别人轻浮地说她是什么小可爱。我正想给他肚子一拳，可惜我们都坐着，我揍不了他。于是，我哼了一声，至少以示抗议。

然后，我回答了他的提问：

“没，我没跟小佐内说。”

“应该是‘小佐内学姐’才对吧？”

“闭嘴……怎么说呢，不管怎么想都是白费劲吧。她看上去是那种交际圈很广的人吗？”

“我可不知道。不过，应该不是吧。”

去问那个认生的小佐内知不知道什么事件，简直是犯傻。她肯定只会告诉我哪家店的蛋糕涨价了之类的消息。

而且……冰谷的洞察力真是不容小觑。

他坏笑着说：

“你不想找她商量对吧？你是希望让她看到你帅气的一面嘛。”

这次我可真是攥紧了拳头招呼了他的额头一下。

“咚！”

听声音，应该比我想的还要疼一点。

他说中了。

或许是为了撑门面，我知道这算不得有多帅。但是无论如何我都想瞒着小佐内写出这篇专栏来，并且霸道地把我写的报道亲自交到曾说会为我打气的她手中。

可要是像这样什么都憋不出来的话，别说霸道了，我甚至都没脸见她。

吃了我一拳之后，冰谷也收起他的玩笑话。

“找不到素材也不是你的错啊。新闻社还有其他社员，要不请他们先上，把你的推后怎么样？”

我皱起了眉头，说道：

“这个也……”

“你说等找到了好素材再写，不就行了吗？”

其实我已经烦恼了一段时间了，但我也感觉到此刻对冰谷有所隐瞒实在是太不够意思了。于是，我一咬牙，决定说实话：

“其实，我也这么想过。”

“果然。”

“只是……”

我咬紧后槽牙。

“这么做，结果还是一样的。第一期专栏是五日市那个家伙来写，第二期是我，这已经是规定好的路线了。这时，我要是不举手请命，他们绝对会说‘你果然还是不行啊’。还有——”

我停顿了一下。

“我觉得这是在白白放弃机会。高中可只有三年啊。”

冰谷沉默了。他盯着天花板，叹了一口气，露出了一脸“真拿你没办法啊”的笑容，说道：

“你是说‘机不可失，时不再来’吗？我是不是跟你学学比较好啊。”

“人跟人不一样嘛。我是没什么长处，大概比较心急。”

“不至于吧。虽然事实是怎样，我也不清楚。”

嘟囔完之后，冰谷伸手去拿自己的书包。我以为他要回家了，但似乎并不是。他打开书包，拿出一个黑色的文件夹。

“我本来觉得，随便借给你大概会伤你自尊。但看起来你是豁出去了，我也就不打算多想了。”

那文件夹看上去薄得不堪一击。但是我知道，真正有价值的东西，哪怕是一张便条纸都能说清道明。我像是偷看什么禁书似的，胆战心惊地收下了他递过来的东西。

“这是……”

“嗯，我想你大概用得上吧。”

我慢慢打开了文件夹。

（十一月十日 读卖新闻 地方版）

木良市发生可疑火灾

十日凌晨零点十五分左右，木良市西森二丁目发生垃圾燃烧事件。西森第二儿童公园内的垃圾箱被点燃，烧毁了周围约一平方米内的物品。由于现场并无明火，木良署认为有纵火嫌疑，正在展开调查。

（十一月十日 每日新闻 地方版）

木良市西森发生小火灾

十日凌晨零点十五分左右，木良市西森二丁目的西森第二儿童公园内发生垃圾箱燃烧事件，路过的男性发现后拨打了119。约一平方米范围内的物体被烧毁。无人受伤。木良署认为有纵火嫌疑。

（十二月八日 朝日新闻 地方版）

木良市小指发生可疑火灾

八日凌晨一时左右，木良市小指发生废旧材料燃烧事件。木良西署不排除纵火的嫌疑，正在展开搜查。

调查发现，火灾来自木良市小指一丁目的资材堆放场，一些废料被烧毁。居民和消防人员将火扑灭，无人受伤。

这是剪报，是从复印的报纸上剪下来的。

当我看得入神时，冰谷用不同寻常的语速说：

“还有一条要补充。我们船户高中的园艺社借了叶前的一块地，去年十月，那里发生过割下的草被烧的事件。”

然后，他一身轻松似的站了起来。

“能用上的话你就用吧。不过，结果会怎样，我可不清楚哦。就算不用，我也不会怪你啦。”

他穿上外套走出教室，我看着他的背影一句话也没说。

好头疼啊。

这下，不止小佐内，我还必须给冰谷露一手才行了啊。

这是连续纵火。

作为事件，连续纵火的程度十分严重，而且船户高中也可能被波及。毫无疑问，这素材能用。

对于调查，我确定了两条方针。

第一，我决定不让小佐内知道。第二，要是碰上瓶颈，我决定毫不犹豫地借助冰谷的力量。

小佐内这条不必赘述，就是所谓的争口气。冰谷这条则稍微有点复杂。要是我靠一人的力量能搞定这篇报道也还好，但素材原本就是冰谷给我的，这可不能忘了。也就是说，全由我一人来干，看上去像是抢人功劳似的，多少有点难为情。冰谷不是新闻社社员，我也知道自己是想太多了。

新年一月的编辑会议到了。要跟大家介绍素材的我总觉着腰杆子不硬，想必这也是对那件事还耿耿于怀的缘故。我希望威风凛凛地夺下那个宝贝版面，但我做不到。

会议本身在预定调和（**注：原本是哲学用语。最初源于莱布尼兹提出的理论。意指即使是本人认为无用的邂逅，从全能者的视点来看也是取得了必然的调和。此处指会议在按部就班地进行**）中推进着。也就是，首先决定主要报道写些什么。虽说是“决定”，其实从一开始二月号就已经确定为“中心考试结束，冲刺入学考试——来自各位前辈的金句特辑”了。（**注：日本的中心考试，相当于中国的高考。入学考试，则是各个学校对报考者进行的考试。**）然后，堂岛社长仿佛终于想起来似的，问道：

“话说，二月号的专栏由谁来写？”

“我来。”

我立即主动请缨。

“瓜野吗？你要写什么？”

我把目前市内发生的连续纵火案配合新闻报道进行了一番说明。社长一直板着脸，门地则露出一副看傻瓜的嘲讽面孔。但因为社长在听，所以门地没法打岔。

“综上所述，从告诫大家小心火烛的角度来说也好，我想写一篇这样的稿子。”

说完，堂岛社长缓缓点了点头。

“明白了。还有谁想写吗？没有？那就交给瓜野吧。”

只要有先例，任何事的推进都会顺利得难以置信。我毫不费力地踏上了这条由五日市开辟、由冰谷铺就的道路。

其实我觉得，岸或许会想写点什么吧。毕竟，在十二月的会议上，当五日市提出新开专栏的时候，岸也投了赞成票。脸上都写着“没干劲”的岸会支持五日市，我怀疑是因为他自己也想写。但是会议中，他一直都躲着堂岛社长偷偷地玩手机，什么话也没说。

这下版面也拿到了，接下来我就得动真格了。然而堂岛社长对干劲十足的我泼了盆冷水：

“不过，这么大的事光你一人去调查也挺吃力的吧？怎么样，五日市，你能帮一下忙吗？”

突然被点名，五日市瞪圆了眼睛，甚至掩饰不住地“咦”了一声。

我和他是同样的反应。我都想好了，一个人不行的话就找冰谷一起干，可我从没想过会有人给我加一个包袱。

“能行吗？”

五日市被社长严厉的目光盯着，手足无措，开始答非所问：

“但是，我上个月已经写过了啊……”

“我没让你写。我说的是，瓜野一个人可能太辛苦，问你能不能帮忙。”

“可是我上个月也……”

很明显，他不想帮忙。我瞄了一眼岸，他像是担心这事会甩到自己头上似的低眉垂眼，仿佛化身成了石头。

不管找谁都是多此一举。我开口：

“社长，我一人能行。”

“你看瓜野也说了……”

五日市没出息地跟了一句。

“他都说了他行，那就让他去干吧。”

门地像在甩烫手山芋似的插嘴道。但也只有这次，他算是说了一句好话。一个人干还强一点儿，再不济还有冰谷。这里没有五日市等人什么事。

面对五日市那暧昧不明的态度，堂岛社长也无法再强求。我看见他还瞟了岸一眼，但不论怎么想，比起五日市，岸更不可能接受这个要求。

“不过啊，一个人的话……”

即使如此社长还是不打算交给我独自完成。我终于大发雷霆：

“我不是说了不需要任何人帮忙吗？既然我这么不可信，您说句话，我随时都可以退社。”

于是，社长叹了一口气：

“你看看你，就是你这脾气啊。”

他探出身子。

“我懂你想一个人干的心情，我也觉得你应该能行。这点我是相信你的。

“可是啊，你实在太急躁了。事到如今，我不会叫你别写。只是，你这个素材无论如何都需要采访校外的人。我就明说了吧，要是没人给你‘踩刹车’，我是担心到时候你会不会把我们新闻社和船户高中的脸面都给丢尽了。”

“脸面！这种玩意儿……”

“那我问你，你刚才说资材堆放场也发生了可疑火灾是吧？你能忍住不到那个堆放场里头去吗？”

我真想说：别当我是傻瓜。

可是，我还没傻到跟社长起争执。不过既然他提起了，我就考虑一下吧。知道资材堆放场是纵火现场，然后我就不进去了吗？

或许现场也没什么像样的栅栏吧。要是围了带刺的铁丝，那我还有可能会犹豫一下，如果只是一块空地呢？

虽然嘴上不承认，但答案不言自明。毫无疑问，我肯定会进去的。

“到时，光是被人问名字，问你是干吗的，纵火案就会变成新闻社惹出的事情，这点你懂吗？如果我在场，就能阻止你。要想进去，我会去征求主人的许可。在这些小地方阻止你，是否对你有好处？”

没人插嘴。岸打一开始就没听，五日市则在发呆。

门地看着堂岛社长，睁大的眼里透出一股不明所以。

社长思索了半天，终于说：

“……但是，既然已经说出口了，也只能交给你了吧。瓜野，给我慎重点。然后，如果被谁问起，你就说是船高新闻社在做防火特辑。这样还是出问题的话，在事态恶化前打电话给我。懂了吗？”

那天，我明白了两件事。第一，其实还真有人在认真地观察着我。第二，堂岛学长确实挺有社长的样子。

◇

首先，从园艺社入手算是合情合理的吧。

说实话，我甚至不知道这个学校有园艺社。船高的社团活动并不是很盛行。尽管我也属于同为文化系的新闻社，但在我看来，会参加那种小众社团的人感觉非常阴沉。

不过经过调查后，我发现自己班就有人是园艺社的。我那无谓的偏见并没有言中——班里一个可以说是文武双全，且颇出挑的女生就是园艺社社员。

班会结束后，同学们相继从座位上站起来。那个女生也拿着书包，似乎是打算早点回家的样子。我急忙走过去对她说：

“里村同学，你有时间吗？我是新闻社的，有些话想问问你。”

园艺社社员里村绝不是爽快人，相反，她算是比较严苛的类型，所以在文化节里派不上用场的男生会被她早早地赶走。虽然我有些战战兢兢，但跟她搭话后，她倒也没流露出嫌麻烦的表情。

“爪野？有什么话？”

“好过分哦，不是‘爪’，是‘瓜’啦。”

“抱歉抱歉。”

她笑了起来。“爪”和“瓜”确实挺像，但里村不可能是通过文字来记我名字的吧？说白了，她就是在开玩笑。

听见我们在说话，冰谷靠了过来，说道：

“不是里村同学的错，都怪瓜野的名字太少见了。”

这家伙也在笑。不过，他就是一个一直都笑嘻嘻的男生。

“啊，对，是瓜野呢。哎哟，你是新闻社的啊……那你想问什么呢？”

冰谷过来后，里村就把视线转向了他，再也没回到我身上，倒像是我在一旁问她似的。

“里村你是园艺社的吧？”

“是啊。”

冰谷插嘴道：

“你是不是在做什么运动？跑得很快啊。”

“你是在说我腿粗？”

听冰谷那样打趣，里村抬手作势要揍他。只要冰谷在场，整个氛围就会柔和很多，聊起天来也特别顺利。我想，生活中有这个本事，应该特别占便宜吧……不过现在——

“别来打岔啦。”

“啊，抱歉抱歉。我退后我退后。”

冰谷真的往后退了半步。

我又说了一遍：

“我想问些园艺社的事，可以吗？”

“嗯，可以啊。大家都不知道我们在做些什么对吧，就跟你们新闻社一样。”

新闻社可是每月都在给全校每个学生派发八页的报纸呢！好吧，就当是打开话题吧。

“实际上你们在做什么呢？”

“我们在种花啊。教学楼入口处摆的种植箱之类的，就是园艺社种的花。”

“是吗？那都是你们种的？有好多呢。”

“应该……全部是吧。不好意思，这部分你去问问高二的吧。”

我把刚才听来的内容简单地写在手边的笔记本上。虽然没打算登上报，但觉得这么做是一种礼貌。

差不多该进入正题了——

“那么，那些花是在叶前种的吧？”

听我这么说，里村仿佛泄气了一般说道：

“怎么，你居然知道啊。”

“我只知道园艺社借了叶前的地而已。”

“不是地，是塑料大棚。就借了一个小角落给我们。”

这么说，烧起来的是塑料大棚？跟我听到的有点不一样……里村瞟到了我陷入思考的表情，嘟囔道：

“啊，难不成你想问的是那次火灾的事？”

她是怎么看穿的？我瞬间有点慌，但很快便镇定下来。我对园艺社一无所知，却知道他们在叶前借了地。那么，对方认为我是想问可疑火灾或许也在情理之中。

她这么敏锐也算帮了大忙，我点点头，说道：

“是的，我想……”

我刚开口，里村就咄咄逼人地打断了我。她挑着眉毛说：

“在那之前！我可有一句话要先关照你哦。嗯？两句，啊，不，三句吧。”

她也没必要一开始就把句数定死吧？

“算了，无所谓。首先，烧起来的不是园艺社借的地，是亲切地借塑料大棚给我们的那位田中先生的空地。你要是打算写成新闻社的报道，我就什么都不说了。学生指导室的老师跟我们发了好大一通脾气，都不许我们传出去。再说了，这事到底是谁告诉你的？”

我毫不犹豫地指了指斜后方——

“这家伙。”

“喂，瓜野，作为记者要隐匿新闻来源，这点操守你可得有啊。”

在后面静静旁听的冰谷突然被出卖，惊得叫了起来。可我又不是记者。

不过，里村的表情缓和下来了。

“原来是冰谷同学啊。”

我打从心底觉得，冰谷这家伙今后的人生也会一帆风顺吧。看到里村收起了锋芒，我便答道：

“既然你说别写，那我就不写吧。反正主题不在这里。我只是想请你告诉我，为什么山田先生的空地发生火灾，你们却要挨骂。”

“是田中先生。”

里村订正了我的说法，叹了一口气。

“挨骂的理由吗？真的很荒谬啊。因为塑料大棚得花一些保养费，我们也不好意思让人家白借，于是就提出由园艺社帮忙给空地割草。最初只需要割草，我们就打算找田中先生借镰刀，结果后来变了要求。因为空地有JA（注：日本农业合作社的简称）的广告牌，田中先生说不要了，让我们顺便一起清理掉。

“真的超级搞笑……那么大一块广告牌上，就像在练毛笔字似的写了‘吃蔬菜吧’几个字。所以我们也能理解为何不需要它了。”

确实，要是写了“吃本地蔬菜吧”或者“吃国产蔬菜吧”还勉强能理解，只写“吃吧”那真的让人摸不着头脑。

“然后，我们就从学校带了钉锤和劳保手套过去。一组人拆广告牌，一组人割草。拆广告牌的人先结束了，但镰刀不够用，稍微有点尴尬。

“全部结束大概花了两个小时吧。我们去问田中先生，割下来的草和拆下来的广告牌要怎么办，他让我们先堆起来再说。堆好之后，过了一周左右，结果就听说被烧了。

“田中先生什么都没说，但JA的大叔好像大发雷霆了，说‘都怪船高园艺社没收拾好，把我们的广告牌给烧了’……结果学校学生指导室的老师还真信了。那个大叔还说什么‘我们的广告牌’，那个牌匾早就四分五裂了好吗……而且后来我们听说，不过是稍微烧了一点草而已，也没烧到广告牌。我们挨了一顿骂，到头来却不知到底为什么被骂。”

“那可太过分了。”

冰谷立刻叫了起来。

“对吧？这谁伺候得起啊。”

里村对冰谷的语气就像老板在劝员工辞职一样。而我只是觉得这事挺常见的。

我是不是也表示一下同情比较好呢？但现在才说未免太假了，我想。于是我接着问道：

“那是什么时候的事？”

“什么时候啊……那可是很早以前了。你要知道确切日期吗？”

“可以的话。”

里村稍微想了想，便一边嘀咕着“天还暖和的时候吧”，一边掏出了手机。她按手机按键的动作颇不熟练，好像平时不太用似的。

“烧过以后的样子，我好像拍下来了……啊，这个这个。”

虽然她这么说着，却没给我看画面。

我不过是一个同班的普通男生，她怕是并不想给我看她的手机吧。这心情我能理解。前不久，我本来想把脸上沾了焦糖慕斯的小佐内拍下来做手机屏保，但想着要是被别人看见不太好，当场就放弃了。

“我看看哦，十月十五号。那天是周一，往前推一个周末，那就是十二号吧。”

原来如此，我记下了。

“火是为什么会烧起来的？”

“我听说好像是纵火吧。半夜里冒出了烟，在田中先生等人觉得奇怪的时候，结果火自己熄灭了。且不说那个用木头做的广告牌，草里的水分也很多嘛，很难烧起来的。”

那就是说，一开始大家就知道是纵火？

就我听到的这些来看，学生指导室所谓的禁言也并没有什么特殊的意义。如果不是训完学生后顺带着让大家禁言，顶多也就是“反正别到处乱说”的程度而已吧。

我还有一个在意的地方——

“那么，塑料大棚也好空地也好，是一看就知道和船高有关的吗？”

“不知道吧。我们又没放告示牌。”

也就是说，这并不是针对船高而放的火。我好不容易拿到一个专栏，总希望能跟船高扯上点关系，可惜……

我刚想跟她道谢，然后结束话题，她却抬高了声音说道：

“啊，对了对了，还有一件事，连学生指导室的老师都不知道。”

看来有戏。我在重新拿起笔的手上加重了力道。见我这样，里村也不禁得意起来：

“那天，还有东西不见了呢。”

“有东西不见了？那是？”

“嗯，从学校带过去的钉锤。”

钉锤……

我姑且记下了，心里却瞬间有些颓丧。丢失钉锤和连续纵火，这分量可差远了。

但对里村来说，似乎并非如此。

“那毕竟是学校的财产嘛，弄丢了还是挺麻烦的呢。结果大家一起出钱赔给了学校。真的好气啊。”

“每个人要出多少钱？”

她歪着脑袋想了想，然后说：

“……三百日元吧。”

不管怎么看，分量都差远了。

◇

紧接着的那个星期六，我骑车出了门。

因为我只是打算去现场看看，其实一个人也就够了，但还是拜托了冰谷同行。或许是堂岛社长的警告还留在脑海里的缘故。真让人不爽。

已知的纵火现场有十月的“叶前”、十一月的“西森”和十二月的“小指”。这三个地方都集中在木良市西部，但实际上跨越了相当大的范围，彼此也并非毗邻关系。从叶前北端走到小指南端怕是要花上一天吧。哪怕骑车，移动距离也特别长。冰谷事先知道这情况却还是毫无怨言地与我同行，我在心里默默地对他表示了感谢。

现在是一月。木良市很少下雪，不过元旦前后还是稍稍下了点，路边残留着小块积雪。我从家里出发时是九点。路面要是冻上了可就寸步难行了，所幸天气晴好，是一个适合采访的绝佳日子。

我们约在船高碰头。我比约定时间早到了十分钟，而冰谷已经站在校门前了，他一开口就说道：

“好冷啊。”

他穿了大衣，我穿着运动夹克。我们都戴了围巾和手套，可这套装备还是完全抵御不了一月的寒气。

“反正动起来就会暖和啦。”

感觉光是安慰自己都快用尽全力了。毕竟是冬天，即使太阳高升，气温也完全没有随之升高。

“那么，先去叶前吧。”

我说完后准备踩上自行车脚踏板，冰谷却拦住了我说道：

“等等，你不知道吗？”

“知道什么？”

“好像又出现纵火了哦。”

“真的吗？”

我不自觉地从车上下来。冰谷露出了少有的困扰表情。

“真的啦。只不过，今天大概去不了吧。据说茜边的废弃自行车被人放了火，但不知道具体在哪里。”

“什么时候的事？”

“今天早报上登出来的报道，所以应该是昨天吧。抱歉，要是把早报带来就好了，我给忘了。”

昨天，那就是一月十一日，星期五？

我咬紧了下嘴唇，心想：这都什么事啊。

我家也订了报纸，可我没细看。今后的新闻，至少关于我们市的纵火新闻，我可得更敏感点才行了。

“你怎么想？”

早报的话，总有地方能买到。但假如真像冰谷所说，那即使看了报纸，也不代表今天就去得了现场吧。

“走吧，按原计划，从叶前开始。”

“也只有这样了吧。”

冰谷点点头，跨上了自行车。

骑得太快的话，风大会很冷，因此我和冰谷都慢悠悠地骑着车。我只有上学的时候才会来船高附近。四周分明都是司空见惯的景色，但由于是休息日，看不到一个船高的学生。一切都显得特别有新鲜感。

我们骑上了分岔路。人行道很宽，有看上去很结实的栏杆，还有路标表示这里允许自行车通行。

虽然我们骑得算是挺慢的了，但还是很快就到了叶前的事件现场。这是园艺社那群人平时能直接走过来的距离，近也是理所当然的。

叶前通了一条崭新的道路，但还没有形成人流。道路两侧显得有点冷清，不是农田就是大片荒凉的空地。塑料大棚也零星可见。

我们往前后都看了看，人行道上一个人也没有，于是放慢速度停了下来。

“是这里吗？”

冰谷问。

“等等，我看一下。”

我掏出手机，打开图片。景物十分相似，不知哪块才是出了问题的空地。

“我请里村把现场照片发给我了，她说看了就知道。”

听我这么一说，冰谷浮现出坏笑，说道：

“行啊瓜野，真行啊，佩服佩服。要是我也能像你这么活力四射就好了。”

“什么意思？”

“既然里村同学能发给你，说明你们已经交换过邮箱地址了？所以我觉得你挺有一手的嘛。里村同学长得挺漂亮的呀。”

真无聊。如果是他，只要笑嘻嘻地说一句“告诉我吧”，邮箱地址也好电话号码也好，还不是要什么有什么？

我怄气道：

“她可凶啦。其实我是不想跟她这种人打交道的。”

听我这么一说，冰谷用力地点点头说道：

“也是啦，这个我明白。小佐内学姐看起来就不凶吧。”

我没空陪他闲扯，只是拿起手机里的照片和眼前的景物对比起来。

我举着手机，一会儿右转，一会儿左扭，说是在找照片里的景物，却不禁一次次地歪起脑袋。

“怎么了？”

“没，应该是这里没错啊。”

我们停车的地方似乎恰好就在目的地——那个塑料大棚前面。运气是挺好，但我没能立刻反应过来是有理由的。冰谷也很快就明白了。

“是这里吗？说起来……这里什么都没留下啊。”

目前，塑料大棚里好像没有栽种任何植物。我费力地仔细看了看，也没发现什么草木繁盛的光景。

另一方面，大棚旁边确实有块空地。地上残留着少许积雪，由于马路上飞溅过去的煤烟，积雪变得黑黢黢的。此时正值严冬，杂草都枯萎了，空气也很干燥。要是现在点把火，想必会烧得很旺吧。

这里没有任何痕迹会让人想起三个月前的纵火。

据里村说，叶前的纵火很快就自然熄灭了。我还以为总该留下点烧焦的痕迹才对。我姑且举起手机，开始拍摄周边的环境。我暗想道：得准备个数码相机了，不然都没有新闻社社员的样子。

我在现场转悠了一会儿，象征性地拍了几张照，但明显毫无意义。就没什么像痕迹的东西能给我拍吗……

这时，冰谷突然叫我：

“瓜野，这个说不定有关系吧？”

“你找到什么了？”

我小跑过去。冰谷指着的是竖在人行道上的路标，写着限速五十公里。

路标正中残留着什么痕迹，像是被坚硬的东西撞得凹了进去，涂料也蹭掉了，却不像是被摩托车刮掉的感觉。

“你怎么看？”

你问我？当前这时间点上我也什么都说不好。这痕迹看上去确实还挺新，可跟三个月前的事件是否有关系……我暂且拍下来好了。

接着，我锲而不舍地勘察着现场。冰谷倒也没抱怨，只是很不解地问：

“这里又没留下火烧的痕迹，只是一块普通的空地呀。你到底在干吗啊？”

“嗯，我只是想到一些事。回头跟你说。”

不过，天是真冷。尽管有点不舍，我还是不得不打住，跨上自行车往下一个目的地——西森而去。

说是回头跟冰谷讲，不过在去西森町的一路要上下人行道和车道，反正也总得等信号灯，我便抽空跟他娓娓道来：

“叶前的现场，有必要拍细致点。”

“怎么讲？”

冬天的星期六上午，人行道上见不到几个人，我和冰谷并排骑着车。

“我在考虑专栏连载的第一期。光说什么‘发生了连续可疑火灾’也太乏味了。难得从你那里弄到好素材，我在想有没有可能搞得夸张一点。”

“我是能明白你想搞个大新闻的心情啦。”

冰谷微微一笑。

“具体怎么做呢？”

我两眼直视前方回答：

“我想去找找这些纵火有没有共通点。”

“原来如此。”

冰谷虽然点了点头，但嘴角露出了一丝讥讽的笑容。

“真要有，就好了呢。”

或许是没有的。不，或许没有才是正常的。

会到处放火的神经病是否具备什么自始至终的核心思想，这本身就十分值得怀疑。说不定完全是随机的。去思考这个问题感觉可能是在浪费时间。

但是，有尝试的价值。

“如果……我是说如果……如果我们能找到这个共通点，你觉得会怎么样？”

“那报道写起来就容易了呢。”

冰谷先是随口接了一句，然后陷入了思考。

真是名不虚传，他十秒钟不到就看破了我的用意。

“啊啊，我明白了。你想预测出下一次的纵火地点是吧？”

我用力地点了一下头。

如果连续纵火存在共通点，那么就有可能发现其规律性。这么一来，这报道就不是单纯写纵火事件那么简单了。

市里有纵火魔，那家伙在四个地方放了火……而且，接下来他瞄准的是这里。

我就能写出这样的报道来了。

就算没预测对，一句“真可惜”也就能了事了。如果预测对了，那可就厉害了。看破犯罪行径的《船户月报》将立下大功。既能让老把别人当傻瓜的门地闭嘴，面对堂岛社长，我也能昂首挺胸，还能让那些“搞不清楚新闻社在干吗”的人把这话吞下去。

最重要的是，我能让小佐内看看我有多帅。

“现在我们也不知到底有没有‘共通点’。总之，我想全部看一遍，先从拍照开始吧。”

不知怎的，冰谷叹了一口气：

“说句真心话啊，我好羡慕瓜野你的行动力哦。”

我知道他平时是什么个性，所以才把这话理解成讽刺而非真心。我要是空着手，还真想冲他肚子来一拳。可惜现在握着自行车的车把，手套很厚，刹车也不好掌控，太危险了。这次就放过他算了。

各町的交界处不会专门放一个标识。拐过消防局的转角，电线杆上卷了一块写着“木良市西森町一丁目”的牌子。由此我们得知，西森到了。

冬天的白昼比较短，但过了冬至，感觉上稍稍变长了一点。我们在木良市内兜兜转转，最后来到了电车站前。其实倒不是车站附近发生了纵火，而是我们又累又饿，想喝点热的，然后结束今天的调查，因此首选就是车站。

站前有家汉堡包店。和小佐内开始交往后，我知道了市内的各种店铺。但其实，原本我随便吃个一百日元的汉堡包也能够满足了。

没想到，大中午的气温还是没升上去。冰谷的皮肤原本就比较白，这会儿他的脸几乎成了煞白。强行拜托他过来，让我觉得非常过意不去。虽然冰谷应该也不是为了做给我看，才以一副感激不尽的样子双手捧着热咖啡。他脸上挂着若有若无的微笑问道：

“然后呢？”

这一声，胜过千言万语。冰谷的意思是：“然后，有什么收获吗？”

西森的公园。

小指的资材堆放场。

报纸上登了公园的名字，所以我以为去了那里立刻就能知道纵火现场在哪里。但是，实际上我们找不到任何像公园的开阔地。冰谷一言不发地跟在我后面，可我感到他那抗议我没有事先做好调查的怨念充斥着我的整个背脊。

然后，我们费了好大劲才找到了纵火现场。看到它，冰谷吐出的也是这一句：

“然后呢？”

西森第二儿童公园简直称不上公园，只不过是摆了长椅、搭了藤棚的地方，跟空地差不多。

地面上有烧过的痕迹。光这点，就确实比叶前的空地看上去更像事件现场。土上甚至残留着黑褐色。

那个痕迹实在太不起眼，哪怕跟我说这是小孩玩烟花的痕迹，我都只能点头承认。

现场位于住宅区内。跟刚通了新路、接下来准备开始发展的叶前不同，这里是错综复杂的一角。道路窄得恐怕车也没法对行，处处都是单行道的标识。我找不出叶前的现场和西森的现场有什么共通点。

可我还是在吞下便利店肉包当作午饭后，往小指的现场赶去。我本来跟冰谷说“你先回去”算了，这家伙却笑着摇摇头，跟上了我。实际上，如果就一个人，我想我会早早地被徒劳感和寒冷击溃，半途而废。

不过，小指的现场是不是一个需要发挥坚韧精神去勘察的地方，我对此表示极度怀疑。

小指一丁目的资材堆放场相对来说很容易找。荒唐的是，过去两栋楼就是消防局。这样的话，跑两步就能灭火了吧。

资材堆放场是找到了，但没有证据能证明这就是遭遇纵火的现场。这里只不过是一块位于陈旧的住宅之间的无人空地，堆着几根木材和钢筋。看不到火灾痕迹，收拾得也很干净。如果只有一些废料烧起来，那么把它们搬走也就可以解决了吧。再说了，废料到底是指什么？搞不好就是几块破木片……

我坐在站前的汉堡包店里，为了不让冰谷发现，只能轻轻地叹了一口气。西森和小指的现场也不能说完全不同。它们都在住宅区里，都挺杂乱的。但也仅此而已。我想不出能写点什么把它们跟连续纵火凑到一起。我意识到今天一天都白跑了，越发感觉疲倦。

我们默默地啃着汉堡包。

我一个人也就算了，可还让冰谷的休息日泡了汤，真的太对不起他了。现在这情况，我实在说不出“那三个地方都不行，我们去茜边吧”这种话。

不，还没到这地步。在得出结论以前，我拼命地思考着这三个现场之间有没有规律可循。要是仍然百思不得其解，再跟冰谷道歉也不迟。

塑料大棚旁边的空地。

狭小公园的垃圾箱。

别墅之间的资材堆放场。

崭新的道路、限速标识、三岔路、电线杆、公园，它们像走马灯一样浮现在我脑际。

这些都是今天见到的，都是似曾相识但初次见到的。既不是自己居住的地方，也不是朋友居住的地方。我从没像今天这样深入这种街区，到处仔细观察。“这就是住宅区吗”“原来这里跟商店街不一样啊”，我产生了这种傻乎乎的感想。但是这样的杂感是不可能写在《船户月报》上的。

“原本吧……”

冰谷的声音打断了我的思考。其实我也并不是在思考什么大不了的事情。

“怎么了？”

“看起来，你是觉得这连续纵火都是同一个人作的案吧？”

“是的。”

“我也没问你为什么会这么想。确实，我是给你看了那些新闻报道，但我可没说它们是同一个人干的哦。”

我稍微有点吃惊。冰谷竟然没发现？

不，不是这样的。冰谷当然发现了。他不但发现了，还想让我自己说出来。我觉察到了他的用意——或许他是希望借由我自己的嘴说出来，帮我整理自己的思路。

那就顺水推舟试试吧，我想。

我从包里拿出了冰谷给我的文件夹，里面夹了几张我记的备忘条，因此稍稍变厚了一点。

“在星期几这个部分有共通点。”

我打开文件夹，里面贴着左右展开的去年的日历。

“你给我的两篇报道都登在了星期六的报纸上，纵火发生在星期五。里村所说的叶前的纵火发生在星期五的可能性也很大。这三个事件都发生在星期五。因为出现在零点左右，所以确切来说应该是星期六吧。而且，仔细看一下日历就会发现，它们都发生在第二个星期五。”

冰谷点点头，用眼神催促我继续。

“然后，可疑火灾的规模也差不多。稍微烧起来之后立刻就被扑灭了。叶前那次甚至都不知到底算不算烧起来。从这种……怎么说呢，程度相同的暴力性来看，我在想犯人会不会是同一个人呢？”

我如此说着，但同时又觉得哪里不太对劲。转念一想，我突然觉察到了——

“……程度，并不相同吧。应该是在升级，虽然幅度不大。最早是草堆，火没烧起来。接下来是垃圾箱，烧了一会儿被扑灭了。然后是资材堆放场。假如事件在逐步升级的这种见解是正确的，那这就有可能成为三件均为一人作案的论据了吧？”

“不错啊，瓜野。有点新闻社的样子了。然后呢？”

我翻了一下文件夹，拿出折成四折的缩小版木良市地图，展开后说：

“这里是叶前。这里是西森。这里是小指。”

我一一指出今天走过的路线，手指一直在地图左侧转悠，几乎没有往右边移动。

“这三个地方不是彼此毗邻的。西森和小指靠在一起，跟叶前稍微有一段距离。但是，从整个木良市范围来说，确实只有西边出现了可疑火灾。”

冰谷凑过来看了看地图，喉咙里哼了一声。看他那吃惊的样子倒不像是故意装出来的。

“真的呢。从整个地图来看，出乎意料的集中呢。”

“而且，昨天是一月的第二个星期五。”

说到这里，证明我还没具备当事人视角。因为已经知道了规律，所以应该明白昨天会发生纵火才对。可是，我眼中只有过去那三次，完全没想过这个月会如何。

下个月开始可就不能再这么糊涂了。我一边反省，一边指着地图说：

“这里是茜边，在西南部。”

“嗯，是啊。算是西南偏南吧。”

“接下来是会继续停留在西部，还是会往别处扩散，那就不清楚了……”

我倚着靠背，这椅子坐起来真不怎么舒服。

“虽然所有线索都不是最确凿的，但我觉得应该足以让人往同一犯人的方向推断了吧。”

“原来如此。这么说来，要是还有下次就好了呢，又能增加一点数据了。”

这家伙真是不嫌事大……尽管事实上我也是这么想的。

不过，说着说着我发现一个情况。

我正试图找出这四起可疑火灾之间的共通点。可仔细想想，哪怕它们没有共通点又如何呢?

拿麻将来举例。手里有三个一万便能凑成刻子。而一万两万三万在一起便能凑成顺子，这也是一种做法。假如纵火现场总是有一张写着“A”的纸片，那么可以算得上共通点。而如果“A”后面是“B”,“B”后面是“C”，这又具备了另一种重大的意义。

目前的顺序是叶前、西森、小指、茜边。那么在这些位置之中是否隐藏着什么含义呢?

我仔细地盯着地图。不，其实我并不是在看地图，而是把今天所见的东西一个个排列在脑海里。

面对突然陷入沉思的我，冰谷会怎么想呢?这家伙什么都没说，只是嚼着薯条。就这样不知过了几分钟，站前突然响起了警笛声。

“啊，又来了？”

冰谷冒出一句。

我抬起头，只见一辆消防车拉着警笛从站前拥挤的道路上开过，车身上写着“上之町2”。可再怎么紧急，也不能撞了别的车。警笛声很响亮，消防车被堵在路上，迟迟无法前进。

能赶上就好了——我一边想，一边漫不经心地看着。

正在这时，一个想法袭上我的心头。

尽管我很快觉得“不会吧”，然后一笑而过，但我觉得值得去确认一下。

4

那天晚上我正在看书，过十二点的时候听见了警笛声。正想着这是消防警笛声，可没料到声音越来越近，被吓了一跳。我原本还趴在床上，便立马起身，走近窗边，清晰地看到远处有一团摇曳的红光。是火灾，还好距离并不近，不用担心。实际上，消防警笛近到一定程度后又往远处去了。

我呆呆地看着那火势。天太黑，无法掌握距离感，估计是河滩地吧。那里的堤坝可供人跑步，铁桥下则时不时聚集一些小流氓。

是那里有什么可燃的东西吗？还是说，是我算错了距离，其实火灾发生在别处呢？

警笛声平息下来，我打了个哈欠，放下看到一半的书，进入了梦乡。

感觉好像前几天才刚迎来新年，回过神时已经二月了。真是不可思议……星期六一早，我出去散步，没有比清晨散步更像小市民的行为了。

春天的气息尚未来临，不过阳光普照感觉暖和极了，我便没戴围巾。可出了家门，没走两步我就后悔了。空气中依旧带着二月寒冷的辛辣感。明明跟仲丸同学一起去“全景岛”时买了情侣款的长围巾，我现在却不戴，特意感受寒冷。

不过也还不至于冷到让我立刻脱了鞋躲回屋里去。再说，反正目的地也不远，我便把脑袋缩进大衣里，继续前进。

话说，我都不知道夜里听见的警笛是从哪个方向传来的。但昨晚的火势倒是清晰可见。我烤了土司填饱肚子后，开门的第一件事就是去看热闹。

我的口袋里装着手机，还有几百日元的零钱。以前，和某个爱说谎的女孩子一起行动的时候，喝红茶和咖啡，以及吃好多蛋糕都让我花了不少钱。和仲丸同学交往以来，我觉得置装费似乎高了许多，春假的时候或许去做一下兼职比较好。

途中，我去自动售货机买了一罐咖啡，没有立刻打开，而是把它当作暖炉似的夹在小臂和身体之间，再把手插在口袋里慢吞吞地走着。我就这样走十分钟就能到河滩地，可是一路上冷得要命。除去支流，穿过木良市的河流大致有两条，都有数十米宽。也就是说，河滩地非常广阔，冬季的北风毫无顾忌地在其间穿梭。不久后，罐装咖啡就变成温的了。

在如此严酷的环境下，竟然还聚着不少人。一些看热闹的人裹着厚薄不一的防寒服，还有几个人穿的似乎是制服。那是警察还是消防相关人员呢？光看是不知道的，毕竟我并不精通制服学。那些穿制服的人好像在调查昨晚的火灾。

估摸了大致方位，一下子就找准了现场，我的方向感还是有可取之处的。因为慢悠悠反倒会觉得冷，我便快步靠近人潮。

“喂，退后，退后哦。”

穿着制服的年轻人频频大声叫喊。就我的观察，围观的人已经退得足够远了……不过，或许他对围观者的存在本身就很不满。我也挤进人群中，偷偷望向大家围着的圆圈中心。

在我旁边，有两个给人感觉休息日实在闲得没事干的中年大叔。他们开启了这样一番对话——

“好可惜啊。搞成这样怕是再也开不了了吧。”

“本来就是废弃的吧？早知道就开回家了。”

果然不出我所料，烧掉的东西就在那里。变成黑炭的，是一辆车，轻型客货两用车。它并不是从头到尾彻底被烧黑，所以还能看出原本的奶油色，车牌也在。车窗玻璃碎了，似乎是通过车窗把火种扔进了车里。我曾在电影里见过，车要是着了火立刻就会爆炸……是因为这车比较潮湿吗？

我哼了一声，稍稍远离人群几步。虽然躲在人堆里能避避风，可我想起一件事——得打个电话。我从口袋里掏出手机，企图从拨出的电话记录里找到那个电话号码。

然而，过程并不顺利。不管怎么翻，都只有“仲丸同学 手机”，我想找的那个名字却没有出现。这么说来，我几乎没和对方用电话联系过。没办法，我只能打开通讯录找了起来——“健吾 手机”。

休息日，而且还是大清早，可手机只响了一声健吾就接了：

“哦。”

又是这种粗鲁的回应啊……

堂岛健吾是我的老熟人。我们上的是同一所小学，从那时起他似乎就对我抱有一种决定性的错误印象。初中，我们分道扬镳，高中再会的时候，他曾厚着脸皮、佯装不知道似的说："那个小鸠常悟朗到哪里去了？"其实那个小鸠也好这个小鸠也罢，现在的我分明就是一介小市民而已。拜这些差错所赐，我们当年的友情没能温馨复原。不过，你要问我小学时代是否跟健吾有过什么友情，说实话，我也没有这样的记忆就是了。

话虽如此，但我和他也并非老死不相往来。我们偶尔会说说话，偶尔会一起去吃个面什么的。有时我拜托他帮个忙，不知为何他都会踩着自行车迅速赶来，但今天应该是不用担心出现这种情况吧。

"好啊，健吾，这么早找你，抱歉。"

"也不算早啦。什么事？"

不愧是健吾，起得真早。

虽然立刻进入正题也不打紧，但反正之后也要跟他解释，我决定先把别的事了结：

"不好意思，突然打电话给你。我在想之前有人找你商量的那件事，后来怎么样了？"

电话那头传来了他困惑的声音——

"商量？你指的是什么？"

确实，那不叫商量。不如说更像警告或者忠告吧。为了唤醒健吾尘封的记忆，我说道：

"不记得了？你不是说，有人在干涉新闻社吗？还特地放学后把你叫出去，跟你说些有的没的。”

“啊……”

他似乎想起来了。

“你是说小佐内啊？”

“对，就是她。”

在去年十一月底或是十二月初的时候吧，我很稀罕地接到了健吾的电话。我不是很明白他想说什么，他好像也不是很明白到底发生了什么。

小佐内同学——小佐内由纪把健吾约出去，说了这样一番话：

“堂岛同学，暑假的那件事可别写到校报上哦。不过，除此以外的事，我倒是觉得多多益善。”

然后，健吾打电话给我，一副大惑不解的样子。我很清楚“暑假的那件事”指的是什么。去年暑假，小佐内同学卷入一桩麻烦事中，又是被掐又是被揪头发，最后还被绑架了。她说的就是这件事。

健吾也在这事里插了一脚，或者说是我把他扯进来的。因此我很理解小佐内同学为什么会对身为新闻社社长的健吾说：“别写出来。”

健吾感到不可思议的是小佐内找他商量的前后所出现的状况，他好像是这么说的：

“新闻社正好有个家伙扬言要写校外的报道，偏偏就是要写暑假那事。他列了好多理由，我都给压下来了。然后，小佐内就来了，一副话里有话的样子。我说，常悟朗，我是看不透你。可是啊，那个小佐内，我更看不透。你知道些什么吗？要是新闻社会遭人暗算，我可就不得不想想对策了。”

我什么都不知道。因为小佐内同学已经跟我走上了不同的道路。

我一度是这么认为的。

听筒里传来健吾的声音：

“那件事啊，最后还是跑偏了。我跟你说过吧，有个家伙想写校外的新闻。和你聊过以后不久，又有人在编辑会议上提出了这个议案。这次我没办法，只好通过了。”

哦？我来了兴趣。健吾很讲原则，稍微有点死心眼。他会那么顺利地通过一度否决的议题吗？

“是有什么原因吗？”

“这次提议的是另一个家伙啦。他拿出了很充分的理由来申请校外新闻的版面。太麻烦了，就说名字吧。最早提出的是一个姓瓜野的高一学生。而十二月的会议上提出的是另一个姓五日市的高一学生。”

也就是说，五日市同学将暑假后瓜野同学那项被否决的议案于十二月重新提出，结果就通过了？而且小佐内同学所说的那番话，算是给五日市同学的提案推波助澜了……

“五日市同学和小佐内同学之间是有什么关系吗？”

健吾有点不高兴地回答：

“不知道。”

“硬要说有关系的话，应该是和瓜野同学吧。”

“我不是说了不知道吗？你不是应该比我更清楚吗？”

这个还真不好说，我心想。

“这个月《船户月报》的专栏是谁写的啊？我记得好像有署名，但忘了是谁。”

没想到新闻社社长堂岛健吾居然意外地尖叫出声：

“你居然看了校报？”

“不能看吗……”

手机听筒传来一阵清嗓子的咳嗽声。

“不，毕竟你是我知道的第一个看校报的嘛。”

可怜的社长。确实，垃圾箱里总是塞满了《船户月报》。

“总之，这个月的专栏就是那个瓜野写的。他预测了连续可疑火灾的下一个现场……虽说没出现伤者，但是这事也不能像凑热闹似的去写。首先，这就太不严肃了。我是担心瓜野想哗众取宠，所以才阻止他的。”

“这么一说，我也想起来有这篇报道了。好像写了下次火灾会在哪里出现吧？”

“是啊，好像写了津野还是木挽吧。虽然看上去没什么根据。”

在一瞬之间，我有点犹豫该不该把这话告诉他——“说来，我现在正在可疑火灾的现场，眼前有辆烧黑的车，而且这里好像就是津野”。

不过，现在不说也没事吧。理由有二：第一，我想摆摆架子；第二，说得太久电话费可不得了。反正已经从他那里获得了足够的信息。

我进入了正题：

“对了健吾，其实我打电话是有事找你。”

“什么事？”

他明显充满了戒备。我苦笑了一下。这不怪健吾，上次我拜托他帮忙时，不仅让他拼了命地骑自行车，还害他被刀划伤了。

“你放心啦，这次很简单，只要你发我一张照片就行了。”

“照片吗？”

他愣了一下。

“我还是觉得你要我帮的这忙让人发怵啊。话说在前头，我可不怎么拍照的啊。”

“亏你还是新闻社的社长，太不靠谱了吧。你拍的照都很清晰，拜托你啦。不过，这是前段时间的事了。我担心的是，你会不会已经把它删掉了。”

“明白了。你说说看。”

我兜着圈子告诉了他。

健吾很讶异，一边说着“大概已经删了”，一边又迅速地帮我找了起来。

我等了几分钟。

从打电话开始到现在，我饱受了横穿河滩地的呼啸北风，全身冻僵，几乎快坚持不下去了。这段等待的时间真是度分如年。

我拿出那早已算不上暖炉替代品的罐装咖啡，打开盖子，然后一口气把那甜甜的液体喝了个干净。咖啡早就凉了，身体也并没有如我期待的那样暖和起来。在我决定办完事就立刻回家的时候，邮件终于来了。

不愧是健吾，看上去有些粗心，但重要的东西似乎都保存得很好。他发来的正是我想要的照片。

车——奶油色的轻型客货两用车，而且车牌拍得很清楚，数字也清晰可辨。我把它记了下来。

然后，我把手机塞进口袋，装出一副若无其事的样子，哼着歌再次挤入了人群中。现场已开始了纵火的事后处理。

我伸长脖子，看着烧毁的那辆车的车牌。

“嗯——”

我不由得低吟了一声。

刚才记下的数字就列在车牌上。

我让健吾发来的是去年暑假他拍的照片，地点在木良市市立南区体育馆。为了作为日后的证据，健吾拍下了绑架小佐内同学的那些人用的车。

少年法庭的审判已经结束，绑架犯少女A等人已被关押起来。那件事应该算是了结了。

然而，现在这辆在绑架时使用的车却变成了黑炭……

“嗯——”

我再次发出了低吟声。

再怎么吟也不会发生什么好事，最主要的是，这里实在冷得不像话，我决定在感冒以前打道回府。

啊，话说回来，早晨的散步真的会让人神清气爽。作为把健康放在第一位的小市民，不如养成每周散步的习惯吧。等天再暖和点就可以考虑考虑了。

困惑之春

1

（二月一日 船户月报 第八版专栏）

从去年秋季开始，木良市内相继发生多起可疑火灾。十月的叶前、十一月的西森、十二月的小指都出现了火情。就在撰写本文的一月十二日，早报上又报道了西边的可疑火灾。这些火灾的规模都不大，但鉴于当前季节，不排除变成大火的可能性。若船高发生火灾将非常危险，恳请各位同学小心防火，切勿随便丢弃可燃物品。不过，从这些纵火事件的特征来看，船高附近应该不会成为纵火犯的目标。下一次符合条件的火灾估计将出现在津野或木挽一带，但我们十分期望能在火灾发生之前，遏制犯人的罪行。（瓜野高彦）

（二月九日 读卖新闻 地方版）

木良市津野发生可疑火灾 汽车被烧毁

九日凌晨零点左右，木良市津野町三丁目的河滩地上，一辆汽车着火，附近居民发现后拨打了119。消防人员虽成功将火扑灭，但汽车已完全烧毁。无人受伤。烧毁的汽车在数月前就被丢弃在该地。木良署认为有纵火嫌疑，正在展开调查。

如我期望的那样，我的报道成了一部预言书。

在小佐内面前，我如愿以偿地甩出了一张得意的脸，“啪”一下，把两篇报道并排扔在了她面前。

小佐内的反应实在非常不可思议。

她原本就是一个波澜不惊的人。不，或许内心起伏很大，但几乎不会表露在脸上。笑的时候只会微笑，生气的时候只会沉默，从来没让我见过更丰富的表情。

但在看到这篇报道的时候，她的反应很剧烈，就像当场被捅了一刀，全身僵直。接着，她仔细地看起这两篇报道来。

距离放学后那次宛如交通事故的表白已经过去快半年。可我始终捉摸不透小佐内的脑回路。平时她看上去迷迷糊糊的，只对蛋糕感兴趣。可最早我会被她吸引，是源于她跟堂岛社长说话时露出的那张奇妙的侧脸。我想起那快被忘记的原由，是因为正在看报道的小佐内十分严峻，让我心头一惊。

当然，我对这篇报道可是充满骄傲的。

在这广阔的木良市里，下一个纵火现场被一语道破。而且，道破者既不是警察也不是记者，只是普通船户高中的新闻社社员——瓜野高彦！这是多么困难，同时又多么痛快的事呀。小佐内会对这篇精彩的报道赋予何种盛赞之词，光是想想都让人激动。

但是她只花了几秒就把眼睛从报道上移开了。她放松下来，轻声说：

“对上了呢。”

在这么短的时间里，小佐内就知道了“《船户月报》抢先道出实际事件”这个事实，我对此感到有点吃惊。而接下来更意外的是，她只是扬起一丝微笑说：

“光这一次，还说不好呢。”

我会对《船户月报》这么拼命，第一个目的就是为了让瓜野高彦名垂船高史。而跟小佐内开始交往以后，让她见识我的优秀之处则成了第二个目的。还冰谷的人情排在第三。

没能得到小佐内的赏识，好不容易写出来的报道在我心头的价值也打了对折，我十分灰心丧气。

◇

一个月后。

既然只有一次还说不好，那来个两三次就好了。三月，这回我在星期天约了小佐内见面。

我们交往已有半年，可还几乎没在休息日碰过面。当我给不参加社团的她发邮件说想见面，她立刻就会回复说“OK”。不过，我还是觉得休息日属于私人时间，不好意思打扰她。这层薄如蝉翼又坚不可摧的外壳不偏不倚地妨碍着我和小佐内的关系。勉强使用蛮力恐怕会连她一起击碎，所以我至今甚至都没拉过她的手。

那封约她的邮件也耗尽了我的勇气。可回信未免也太冷淡了，你就不能改一改吗？我说的是：“白天能碰个面吗？我有东西想给你看。”结果，小佐内只回了一句“嗯”。她看起来并不那么心灵手巧，大概只是不擅长打字罢了。

我来到约好的十字路口，只见小佐内躲在放下卷帘门的店门前，一边看文库书，一边等着。

“等很久了？”

听见我跟她打招呼，她的眼睛从刘海下方往上一抬。她把书签夹进文库书，说道：

“就等了一会儿。”

一看手表，我确实已经迟到了十分钟。之前在跟冰谷谈事情，要是我早点给她发一封邮件就好了。

话说回来，和小佐内交往这半年里，我到底去过多少家咖啡馆了啊。

“我知道一家很棒的店。”

她这话一出口，我就知道今天又要被带去哪家陌生的店了。这家店位于一栋略有些旧的大楼地下室，名叫“Talio”。

小佐内思考良久，说着“今天就点这个吧”，然后点了法式焦糖布丁。我和平常一样，只要咖啡。小佐内一直都在盯着厨房看，我则把《船户月报》三月号和星期六的地方版报纸并排在她面前。

（三月三日 船户月报 第八版专栏）

上个月本栏提到了连续纵火，很遗憾又出现了新的事件。二月九日，津野的河滩地发生纵火，一辆废弃汽车被完全烧毁。与此前的事件相比，本次的火势更猛，所幸地处开阔的河滩地，将受害降到了最低。本次事件也登上了早报的地方版，想必很多同学都已经知道了。为防止受害面的扩大，本栏将竭尽全力预测犯人的下一个作案地点。这次有可能成为目标的是当真町、锻冶屋町或日之出町。除了居住在该地域的同学，其他地方的同学也请注意，切勿将可燃垃圾放在家门外。（瓜野高彦）

（三月十五日 每日新闻 地方版）

木良市发生可疑火灾

十五日凌晨零点十五分左右，有行人在木良市日之出町目击到公交站的长椅着火。附近居民积极采取消防措施，长椅上的火很快被扑灭。木良署认为有纵火嫌疑，正在展开调查。

有人把捆好的旧杂志丢在了长椅下，犯人就是在那里点的火。塑料长椅虽然烧焦变形，但听说火并没蹿起来。我去现场看了看，顺便跟附近的人打听了一下。

“怎么样？”

我问小佐内。不过此时时机不佳，服务员正好端着蛋糕过来了。白色的小圆杯表面覆着一层烤得恰到好处的焦糖。她探出身子闻了闻，露出暖暖的笑容，轻声说：

“好香……”

她的视线停在法式焦糖布丁上一动不动。搞不好连我摆出来的《船户月报》都没注意到。我当然希望她能马上去看看那些报道，但看着她的幸福模样，又实在很难说出口。

“不过在戳破焦糖的瞬间，总会让我联想到禁忌的愉悦。”

小佐内说完便拿起勺子，在表面的焦糖上戳了好几下。终于，伴随着“啪”的轻微响声，焦糖裂开了。然而，她说的“禁忌的愉悦”又是什么呢？难道是吃霸王餐吗？

她把第一勺送进嘴里后，什么话也没说，只是一直在发呆。我又问了一遍：

“怎么样？”

听到我问，她一下子回过神来，然后带着有点骄傲的口吻说：

“卡士塔酱泡芙那么美妙，这里的法式焦糖布丁应该也不会难吃。这是鸡蛋的胜利呢。”

那真是可喜可贺。接下来，轮到我了——

“怎么样？”

我问了第三遍时，小佐内终于露出了认真的表情，停下了手里的勺子。她拿起报道认真地看了起来。因为是第二次了吧，她的反应并不大。不，应该说上个月那种激烈的表情变化才是特例。

她看完，把报道放下后，莫名地叹了一口气。既不是惊讶，也不是嫌弃。最终她微微一笑，再次拿起勺子说道：

“好厉害啊。”

她举着勺子在半空中挥舞了一圈。

“对不起，我向你道歉。我没想到你竟然这么努力。我呢，嗯，并不讨厌努力的人哦。”

桌子底下，我一把攥紧了拳头。

小佐内把勺子戳进布丁里又舀了一勺，舌头一卷把布丁送进嘴里，然后脸上笑开了花。

“完成得非常非常好。”

面对这仿佛姐姐对弟弟的夸奖，除了笑，我做不了别的。

船户高中里的反应则更明显一些。

星期一，我刚进教室，园艺社的里村就冲了过来，说道：

“瓜野！这真是你写的？”

里村到底是班里出了名的朝气女孩。跟她关系不错的几个人也走过来，包围了还没来得及放下书包的我。

里村手上拿着的是《船户月报》三月号。她把校报的背面对着我，指着我的专栏。尽管有点吃惊，但我很快就挺起了胸膛。

“没错。你提供的信息也起了很大的作用哦。这么说来，我还没跟你道谢呢。”

“道谢就不必了。话说，你知道了吗？”

不知怎的，她好像压低了声音。

“我家附近有人放火哦。日之出町。就是上个星期六。嗯？还是星期五来着？”

“是星期五深夜，所以算是星期六吧。我知道啊。”

“你果然已经知道了。也就是说，你写的报道又说中了对吧！”

我咧嘴一笑，点点头。

“咦？怎么回事？”

其他人不明就里，纷纷开始让里村解释。我终于得以把书包放到课桌上，取出了那个文件夹。

“你刚才说‘又’对吧？你知道我上个月就说中了？”

“啊，嗯。园艺社的前辈怕塑料大棚的事情被报道出来，所以一直留心着，然后就发现了。本来以为是碰巧的呢……”

《船户月报》尽管在二月取得了成功，但现在也谈不上被广泛阅读。不过只有里村知道，新闻社正在追踪纵火事件。毕竟她自己所在的社团是受害者，想必也认真地看过报道了吧。可她似乎也跟小佐内一样，只说中一次是无法赢得她的赞扬的。

里村一言不发地拿起我的文件夹，找到上个月的《船户月报》后，说道：

“瞧，就是这里。”

接着，她开始跟周围的人解释起来。

最初只有她的伙伴们，不过过了一会儿，大概其他同学也有了兴趣，呼啦啦地聚拢过来。有人说：

“啊，津野那次纵火我知道哦。就是车被烧的那个吧，我看见啦。”

还有人说：

“小指离我家还挺近的。说起来好像听说发生了火灾呢。”

高一C班的教室掀起了小小的骚动，身处骚动中心的里村手里拿着我的文件夹。

上个月的报道并没有什么反响，所以我没想到这个月会出现如此大的转变。最早决定写校外新闻的时候是去年九月，这还真是迂回曲折。

终于，里村转向了我。

“喂，到底为什么呀？你怎么会知道的？你们知道些什么吗？”

同学们受到她这番话的感召，齐刷刷地把视线都投向了我。我真是集万众瞩目于一身啊，就字面的意义来说。而不知从什么时候起，冰谷来到了我旁边。这家伙一手拍着我肩膀，像演戏一般高声说：

“反正，期待下月号就对了。是吧，新闻社？”

是啊，期待下月号，期待下下月号就对了。目前就先享用现有的吧。我用力地点了点头说：

“那当然！”

此刻的我深刻地感觉到这篇报道真是写对了。

尽管有严寒，也有不安。

可是我挺过来了。

连锁反应出现了。

当天，第六节数学课下课后不久，传来了校内广播：

“高一C班的瓜野同学，请速到学生指导室。重复一遍，高一C班的瓜野同学，请速到学生指导室。”

本打算拿着书包去新闻社的我，疑惑地歪了歪脑袋。初中时，我从来没被广播叫出去过。在我正想着到底是因何事找我的时候，不远处的冰谷说了一句：

“肯定是为了那篇报道啦。”

倒也不是因为堂岛社长事先有所叮嘱，而是我本来对采访就挺小心谨慎的——我指的是一月和冰谷一起出去采访的那次。自那以后我又到处进行了调查，跟各种人打听了情况，不过社长担心的那种事应该一次都没发生过。

所以，我想跟《船户月报》大概没什么关系吧。那究竟会是什么事呢？我一头雾水地往学生指导室走去。那地方跟我八竿子打不着，我都不知道它在哪里，兜兜转转半天，估计花了有十分钟。

终于，我在学生指导室门前站定，稍稍调整了一下呼吸后，敲门。

“进来。”

我听见里面传来这样的声音。

我去过好几次教员室，学生指导室还是第一次来。好脏的屋子啊——这是给我的最初印象。屋里配备了热水器和水池，水池里有四五个茶杯，杯底还残留着茶水。室内放了六张教师用的办公桌，桌面都堆满了不知是文件还是纸屑的东西，实在看不出有整顿过的样子。小小的屋子里有两个人。一个，估计是把我叫过来的学生指导室的老师。还有一个，是堂岛社长。

这位老师一头朋克烫发，留着小胡子。要是在街上碰见，十有八九会被当成黑道人士吧。我不知道他叫什么名字。他甚至还戴着淡色的太阳眼镜，用锐利的目光从镜片后直射向我。

“你就是瓜野？怎么这么慢？”

声音相当低沉。这难道就是所谓的刀锋般的声音？

“过来。”

我听话地走到堂岛社长旁边，然后瞄到了老师桌上的《船户月报》。看到社长的时候我就知道，叫我过来是跟新闻社有关。冰谷的推测对了。

老师一手按着《船户月报》，说道：

“你们是不是觉得自己可以为所欲为啊？啊？这什么东西，你们自己说。”

他一上来就采用高压政策。说实话我甚至感到腿软，但堂岛社长清晰地回答道：

“这是新闻社发行的《船户月报》。”

他刚说完，老师突然吼了起来：

“没人问你这个！你当我是傻瓜吗？我是问你这篇报道是怎么回事！”

他一边说，一边一巴掌拍在了钢制的办公桌上，发出了吓人的巨响。然而，他的厉声威吓起了反效果。因为拍桌的同时，堆积如山的文件发生了雪崩，啪啦啪啦地纷纷掉到了地上。我哪还谈得上屈服，憋笑都快憋出内伤了。

社长却没笑。

“这是就最近几个月发生在木良市内的连续纵火写的专栏。”

“这个我也看得懂啊，混蛋！”

不知是不是文件的掉落让老师更加火冒三丈，他唾沫横飞地吼道：

“这跟你们有什么关系？写着好玩吗？”

“这是为了呼吁全校同学小心防火。纵火仍在发生，就更要注意了。”

“我说了没人问你这个，听不懂吗？”

我陷入了混乱。社长在如实地回答老师的提问，看上去或许是过于泰然自若了，但他都有问必答。反倒是老师真正想问什么，始终没有言明。

大概是觉得会没完没了吧，社长先把话挑明了：

“老师，您是不满意我们预测受害地点吗？”

结果，这次不是巴掌，老师一拳捶在桌面上。所剩无几的文件也全部掉到了地上。

“闭嘴，现在是我说话的时候！这不是满意不满意的问题，你们都是高中生了，还分不清什么能干什么不能干吗？”

他一把抓起皱巴巴的《船户月报》伸到我们面前。

“一点依据都没有，就随心所欲胡写一通。出了事，你们负得起责任吗？还是说，那些火该不会就是你们自己放的吧！”

社长沉默了一会儿。

连续遭遇劈头盖脸的言辞猛攻，想必谁都会害怕吧。然而事实恰恰相反。不久后，社长比刚才更冷静地反问道：

“老师，您认为纵火犯是新闻社的人吗？”

“啊？”

老师的口吻依旧带着威吓。但社长的反击显然奏了效。老师的眼神里清晰地出现了类似“麻烦了”的苗头。

而相对的，堂岛社长则浑身散发出一股寂静的愤怒，说道：

“如果您认为新闻社的人是嫌疑犯，那最好连顾问三好老师也一起问问。”

我只知道三好老师是新闻社的顾问，却从来没见过他。那是一位很了不得的老师吗？还是单纯不喜欢被别人招惹呢？

学生指导老师明显咂了一下舌。

“臭小子，说起歪理来倒是一套又一套的。你这种只会动嘴皮子的家伙长大了就是垃圾。闭上嘴好好听别人说话！”

他这话完全就是在挑衅，我也终于快忍不住要跳出来了，可社长轻轻抬手制止了我，然后用丹田发力说道：

“今后我们会注意不写没依据的报道。实在抱歉，让您担心了。”

接着，他毕恭毕敬地低下了头。

想必那老师还没说够吧。可事实上，他还什么都没说，只是跟抬起头的社长对上眼后，吐出一句：

“一开始就该这样，蠢货。给我滚。”

社长再次低下了头，我也效仿他鞠了一躬，然后一同离开了学生指导室。

走在走廊上，我的胃里满是怒气。一是因为刚才那老师的蛮不讲理。田中先生的空地发生纵火事件后，对园艺社鸡蛋里挑骨头的估计也是他吧。还有一个生气的理由是，从头至尾都是堂岛社长在护着我，我一句话也没说出来。

愤怒、不甘与羞愧让拳头都在发抖，我无意识地吼了一声：

“可恶！”

但是社长会如何去理解这一声呢？

他十分心平气和地说：

“我明白你很不甘心。刚才新田老师就是在吹毛求疵……去年他不是这样的啊……”

原来他叫新田啊？

社长保持着略快的步速，继续说：

“他是一个很严格的老师，但刚才那样只不过是男人的歇斯底里而已。大概是麻烦事太多控制不住情绪吧，连累到了我们。”

“麻烦事太多，是指我们的事吗？”

社长瞟了我一眼，说道：

“不，是新田老师的私生活。听说他离婚了。”

我也算上了十年学了，可是从来没在意过老师的婚姻生活。老师说的话就是神谕，我根本没考虑过他们自己也可能会出现问题。

社长仍是一脸凝重。

我又一次在心底里念了一句“可恶”。

来到楼梯口，我要往上走，社长好像要往下走。我们站定，最后说了几句话。

“瓜野，下月号，你去‘揭晓谜底’。”

“什么？”

“为什么你能猜到下一个纵火现场，把这过程一五一十地写出来。专栏要是写不下，我来给你腾出版面。”

我无法马上作答，并不是我听不懂他的意思，而是……

“但是……”

我开口。

“不过腾出版面得在编辑会议上由大家一起决定才行吧。”

“我不是那个意思。”

我硬生生地把快说出口的话吞了下去。因为我觉得现在还不是跟社长说这话的时候。

我换了个内容，说：

“但是，刚才你不是跟新田老师说不会再写了吗？”

社长维持着那副一本正经的表情道：

“我可没说过啊。”

“你不是说……”

“我说的是‘不会写没依据的报道’。你要是把依据写出来了，那就另当别论了。为了让新田闭嘴，为了给你自己报仇，只能这么干了吧？”

我张着嘴，什么话都说不出来。确实，社长说得非常在理。可他看起来并不是会诡辩的人啊。我完全看不出来。

话说完后，堂岛社长正准备下楼，我好不容易憋出一句：

“真的能写吗？”

连我自己都觉得这个问题一点意义都没有，社长明明都让我去写了。听到声音，堂岛社长扭过头看着我，阴郁的表情似乎缓和了一些。

“有什么关系？管他离婚还是什么，刚才我也快气疯了呢。”

看着他的背影，我咬紧了牙关。

心头涌起的，还是不甘。

◇

社长要我“揭晓谜底”的时候，我支支吾吾是有理由的。

几天后，在我去找冰谷商量时，这家伙立刻就看破了我的心境。

“那多可惜啊，这话题还能扯很久呢。”

午休时，我们一起吃饭。我吃便利店的便当，冰谷则大口吞着黄油面包卷。我嘴里塞满鲑鱼，点了两下头，表示赞同。

“学生指导室横插一脚那真是没辙啦。我觉得至少还能一点一点再写它三四个月的呢。”

我也赞同这个说法。这次我用力地点了点头。

就在昨天，新闻社召开了临时编辑会议。会上通过了堂岛社长的提议，我得到了比现在更大的四分之一版面。能在华丽的“欢迎新生号”里划出版面来，确实让人受宠若惊，但同时，这也是为了给纵火事件的追查画上句号。

我终于把鲑鱼全吞了下去，说道：

“本来我以为是里村扩散出去的，但其实是大家对那篇报道有了反响。你能相信吗？放学后居然有人跑去印刷准备室，说‘我的报纸弄丢了，你们还有多余的能给我一份吗’，而且这样的人居然来了三个。”

“印刷准备室？”

“你看看，在这之前大家甚至不知道新闻社的活动室在印刷准备室。只出了两期，就变成现在这样。亏我还觉得接下来能大吹特吹一番呢。”

我一边戳着芋头，一边轻声叹气。

冰谷似乎开始了思考。但不管他脑子有多灵活，这次的对手可是学生指导室，形势非常不利。

“就不能无视那个学生指导室的命令吗？要是新闻社的社长胆子再大点就好了。”

我迟疑了一秒，但无论往多坏的方向想，我都无法把那时的堂岛社长称作懦夫。尽管替他辩护也挺让我来气的，可……

“不，社长已经做出了充分的反抗。怎么看都是新田有问题。光是能从那种人手里捞到最后一次机会就已经足够大胆了，无法更得寸进尺了吧。”

“那你是打算乖乖地‘揭晓谜底’？那太可惜啦。那案子就这么放任不管的话，过一年都不会有人发现犯罪规律的。我最开始听到的时候甚至在想，你这家伙到底在说什么蠢话啊。”

确实，我和冰谷出去采访那天，看到开过站前的消防车，我的脑海里冒出了一个点子，他听完就笑了。然而，当我把那之后的事件——最重要的是把事实依据的资料给他看过以后，冰谷就相信了我的推测的正确性。

“你应该明白吧？一旦揭晓了，之后就必须放弃纵火这个素材了。”

“有什么办法嘛。”

我仰头喝茶，喘了一口气。

一旦道出新闻社、或者说瓜野高彦能预测出下一次纵火现场的原由，《船户月报》的优势将荡然无存。那关于这次连续纵火的新闻，就会变得无人问津了吧。

“我实在接受不了啊。”

冰谷痛惜地慨叹道，接着他冷不防地盯着我的眼睛说：

“瓜野，你不可能就此满足吧？你不是说要名垂船高史吗？这么一来，不是我说，你可留不下名啊。这才刚开始呢，反正我是不满足就此打住的。”

“嗯，话是没错啦。”

“跟你想的一样，纵火犯越来越嚣张了吧？”

这次我是发自内心地点了点头。

我都不用拿出文件夹，纵火的现状早已刻在我脑海里了。

十月 叶前 空地上的草堆

十一月 西森 儿童公园的垃圾箱

十二月 小指 资材堆放场的废料

一月 茜边 废旧自行车

二月 津野 废旧汽车

三月 日之出町 公交站的长椅

之前被烧的不是垃圾就是垃圾箱，可这个月的长椅是实际正在使用的东西。

果然没错，犯人正在有意地升级他的罪行。那就是说……

接下来的话，我无法通过自己的嘴说出来。不过，冰谷一点儿也不难为情地替我说了：

“这个事件明明会发展得更加严重，你的存在意义也会随着事件的发展变得更加重要才对。”

的确，我一直觉得或许会出现这样一幅景象：挑战凶恶犯罪的高中新闻社。尽管我无法正大光明地表示希望事态发展到那种地步，但这的确是有利的。

然而，我无能为力。下个月的《船户月报》是“欢迎新生号”。光是登一篇“揭晓谜底”就已经算是在故意触怒新田，要是继续公然作对，真不知会有什么下场。我是想以船高学生的身份留名于船高史，但并不想为此闹到要退学。

“或许，我们还能找到比这更好的素材……或许到后来我们还会笑说，连续纵火根本算不上什么。”

我也知道这话说出来是自我安慰。冰谷耸耸肩，说道：

“你只是说说而已吧？”

是啊，我明白这个可能性很低。

冰谷吃掉最后一个黄油面包卷，伸了个懒腰，说：

“呼……好吧，说不定会发生什么大逆转呢？瓜野，我有一个忠告。你可听好了哦。”

话虽如此，但他并不是很严肃。不过，我还是抬了抬下巴催他快点说。

冰谷所谓的“忠告”倒像是奇妙的预言——

“你可以准备两份报道。一份，是听社长的话写出来的‘揭晓谜底’

式的报道。而另一份，是把至今为止的事件经过做一个总结，最后预测出下一个现场的报道。让新生们理解前因后果，让他们看得欲罢不能。哪怕在最后关头狸猫换太子，也得提前准备好。”

也就是说，冰谷的意思是让我准备一篇“总结报道”。那就要考虑得更长远一些，尽管根本就没有什么长远不长远的。

“为什么要这样呢？如果真能用上这份报道我当然开心了，但那是不可能的吧？”

“所以我说是大逆转嘛。你别那么认真，就当是占卜之类的玄学好啦。”

我实在揣测不出他的用意。说来心有不甘，但我时常理解不了冰谷的想法。

要是我让他解释一下，他会说得更明白点吗？我正想着这问题时，传来一个清脆的声音：

“哟，名侦探在开作战会议？”

是里村。

“谁是名侦探啊，我是新闻记者。”

“那也很帅啊。”

我趁着所剩无几的午休时间，专心地扫荡起残羹冷饭来。

◇

春假到了。（**注：春假，日本学校里除寒假、暑假之外的假期之一。**）

休息日，我和小佐内约在外头碰面。

我不知道她家在哪里，她也没跟我提起过家里人。不过我觉得，她家应该挺富裕的吧。虽然我们几乎不在休息日见面，但只要见面，每次她的衣服都不一样。今天她穿的是利落的白衬衫配黑领带，很帅气。要是个子再高个二十厘米，看起来应该会英气十足吧。

不仅见面次数少，小佐内的喜好我至今都还没弄明白。不管我带她去哪里，还是她带我去哪里，她都很开心。可从另一方面来说，不管去哪里，看起来她都没有打从心底感到开心。假如，我想看到她露出在“格雷伯爵2”吃提拉米苏，或是在“Talio”吃法式焦糖布丁时那种毫不做作的笑容，该如何是好呢？结果，对此毫无头绪的我再次选择了电影院。

这电影对外宣传说是爱情片，但看了才知道是骗人的虚假广告。前半部分确实挺好的——不擅长恋爱的青年，还有可怜的女演员，波澜万丈的恋情将何去何从？然而从中间开始，剧情就变样了。女演员身边事故频发，一开始还佯装成是《剧院魅影》式跟踪狂干的好事。

电影院里一片漆黑，我偷偷观察着身旁的小佐内。可怜的女演员其实是一个骗保险金的惯犯，纯情青年渐渐被她逼上绝路。就连青年自己都毫不知情的罪行，以及不知什么时候被凑起来的自杀工具……他想相信那个女演员，但终于在接到她的电话后浑身僵硬无法动弹。

记得小时候，我好像听过类似的故事。本打算看爱情片的我，却一不小心选了一个反着来的《蓝胡子》（**注：法国诗人夏尔·佩罗创作的童话故事，讲述了同名主角“蓝胡子”连续杀害了自己的妻子们**）。我被海报骗了。

那结局也真让人恶心……

电影结束，亮起灯后，我感觉到身边充满了尴尬的气氛。一起来看电影的情侣不止我们一对。四处都传来喝倒彩似的声音，还有人在拌嘴。

我也立刻跟小佐内道了歉，说我没想到居然是这么糟心的悬疑电影。但小佐内摇了摇头，只说了一句：

“没有啊。我看得很开心。”

最近，我感觉自己是不是对这个怎么看都是学妹的学姐太客气了？我确实是想看到她开心的笑容，可我是不是在讨好她呢？我甚至忍不住想——在连手都牵不了的焦躁之中，有时候是不是得更强硬一点呢？

我思绪万千，默默跟着她的指引一路走进了咖啡馆。然后，听到她问道：

“怎么了？我脸上沾了奶油？”

我这才意识到，自己似乎一直在盯着她的脸。

我们身处的店铺位于相对木良市的主干道稍微靠里一点的地方，店面位于杂居大楼一层，名叫“樱庵”。大楼的外观十分破旧，店内却统一装修成古色古香的和风风格，菜单上还有抹茶和樱饼。大概这也是小佐内常来的店吧，她照例不看菜单，直接流利地下了单——“黑芝麻和豆奶的冰激凌双拼，饮料要咖啡”。然后，她想了想，又补了一句“请撒上黄豆粉”。

我也照例只点咖啡。电影票已经花光了我的零用钱，真的必须把打工提上日程了——我正如此想着，小佐内嘀咕了一句：

“打工……”

我吓了一跳，以为是不是脑海里的东西渗出来，内心的动摇似乎多少表露在我的脸上。小佐内讶异地问：

“怎么了？”

“没什么，刚才，你说打工？”

“啊，嗯。你没听见？”

她瞟了旁边一眼。

“那边的服务员是我们学校的，她在偷偷打工呢。”

是几张桌子开外、正在帮顾客下单的那个人吗？我听见她笑容可掬地说：“和您确认一下下单内容……”她看起来很成熟，不说的话不会觉得她是高中生吧。

“正好在放春假，应该是得到打工许可了吧？”

“在闹市的咖啡馆可是得不到许可的哦。要是能行，我也想做呢。”

小佐内要是去做服务员，看起来就像学校的社会实践了吧。

重点不在这里。

“大家都在打没有许可的工吧？”

“大概是吧。虽然我是绝对做不了的。不过，对了，我有朋友正在书店里打工。”

“那你干吗总是处处在意别人呢？”

小佐内再次斜眼看了看那个服务员，然后略噘着嘴说：

“我只是在想，化妆和制服就能改变一个人呢……”

我的咖啡先到了，不过暂且等小佐内的也送来再喝。

过了一会儿，服务员送来了她点的东西。漆器风格的黑色木勺，在涂了朱漆的方形盘子里盛着一黑一白两个冰激凌球。小佐内第一勺就戳进了黑色的冰激凌里，然后舔了一口。她嘴里含着勺子，微笑着说：

“用黑芝麻做的冰激凌啊，其实没那么稀奇。”

她一边灵巧地用勺子舀着冰激凌，一边说：

“不过，芝麻的味道要是太重，那就涩口了，不值一提。我也不喜欢芝麻的皮碰到舌头的感觉。如果口感好了，但芝麻的风味和牛奶没有充分调和的话，那也是悲剧。在这些方面，这家店做得很完美。我觉得这是我出生到现在吃的黑芝麻冰激凌里最绝妙的。”

我回想了一下，跟小佐内聊天的时候，我一直是负责说话的。她用勺子吃东西时，只会用“是吗”或“真的吗”来附和。能让她主动积极开口的，难道只有和甜品相关的话题吗？

我对甜品没兴趣，但我还是希望能聊得热烈点，于是拼命地寻找话题：

“你很喜欢吃甜品呢。”

“什么？”

本在均匀地用勺子挖着黑白冰激凌的她，猛地抬起了头。

“我只是想，你真的很喜欢冰激凌啊蛋糕什么的。”

“嗯？嗯。”

她愣了一下，就像有人对她说了一句“你是人类呢”似的。很快，她的视线又回到了盘子上。

“喜欢。”

“不是‘不讨厌’？”

“嗯，是喜欢。”

“为什么呢？”

“为什么？”

她的勺子一下子停在了半空中。我想，该不会是我说的话实在太无聊，把她惊呆了吧。不过小佐内那明确的回答非常出人意料——

“因为不必杀生就能吃到它们。不用杀牛，就能挤出牛奶。不用杀鸡，就能得到鸡蛋。”

她那眼神带着意想不到的透心凉。

她再次挥动勺子，把黑色冰激凌的最后一块送进嘴里后，说道：

“开玩笑的……因为甜甜的，所以喜欢。仅此而已啦。”

“什么嘛。”

我不知不觉叹了一口气。小佐内的玩笑实在是莫名其妙。我真的希望能早点结束这老是被她要得团团转的状况。

“你讨厌甜的吗？”

“怎么说呢。”

跟小佐内去咖啡馆，什么都不点的原因只是没钱而已。要问我是喜欢还是讨厌的话——

“既不喜欢也不讨厌吧。”

“你不吃甜品吗？”

“几乎不。啊，也不是。”

我想起一件事。这么一来，就能和小佐内继续聊下去了，我松了一口气，喝了一口咖啡润润喉。

“前几天，老爸带回来一些甜品，说是别人送的。那个挺好吃的。叫什么来着啊，像栗子的糖似的。”

“香草蜜汁栗？”

“啊啊，没错，就是它。”

白色冰激凌也被扫荡干净，小佐内吁了一口气，一点点抿起咖啡来，说不定她是猫舌。

看来咖啡还很烫。她像要放弃努力似的搁下咖啡杯，如做梦一般开了口：

“香草蜜汁栗啊……如果现在是秋天，这家店还会推出栗金饨呢。那个也超赞的。要是能在新栗子上市的季节来这里就好了呢。”

“是啊，一定要来。”

“瓜野，你知道香草蜜汁栗的做法吗？”

“不知道……”

看起来，小佐内问的时候并不认为我会知道。

“香草蜜汁栗呢，是要把栗子煮熟、剥壳，然后浸泡在糖浆里。这样一来呢，栗子表面就会裹上一层砂糖膜。”

“哦哦，原来是这样做的啊？”

不过，她摇了摇头，说：

“不。这不过是表面的做法。”

“就这样不是也挺好的吗？”

“不够啊。接下来，要浸泡到浓度略高的糖浆里。这样的话，砂糖膜外部会再次形成砂糖膜。然后继续浸泡到更浓的糖浆里，再次形成砂糖膜。之后还得再浸泡到更加浓的糖浆里……像这样，反反复复好多次。”

小佐内像是护着什么珍宝似的，双手捧着咖啡杯。眼神则落在桌上，恐怕并没有聚焦。

“甜甜的外衣上再套外衣，层层覆盖。经过这一道道工序，最终栗子本身也会变得和糖一样甜。其实本来并不该那么甜的，甜的应该只是外衣才对。外表把本性替换了。手段终究会变成目的……我超喜欢香草蜜汁栗的。因为你看，还挺可爱的不是吗？”

我想不出什么高明的话。随后，小佐内用漆器风格的勺子指着我，说道：

“然后呢，你就是我的糖浆哦。”

这句话也是她拐弯抹角的玩笑吗？还是别的什么呢？

她直勾勾地盯着我的脸，然后突然移开了视线，拿出手机看了看时间。她总是不戴手表。看完后，她从自己的包里拿出一张纸。

“你很快就会明白的，这个给你吧。”

那是一张报纸，今天的早报。我应该也看了。

不过她放在桌上的是其中的一部分——教职员调动一览。我突然意识到，年度末是调动的时期。

我拿过那张纸的同时，小佐内拿起了账单。

“不好意思哦，瓜野同学。我有点事要先走啦。今天我请你。电影看得很开心。下次再一起去吧……还有——"

她即便站起来，视线和坐在椅子上的我也差不多高。

"别再淘气了，我觉得什么都不干才是最好的。"

"什么……"

在我想明白她这句话到底是什么意思之前，她就一个转身，付完账跑出了咖啡馆。我追都来不及追。

又没能牵到她的手，亏我还挺期待今天能跟她进展到什么地步呢。还是说，她礼貌性地拒绝了我，趁机溜走了呢?

我一边想，一边拿起小佐内留下的报纸，眼中立刻映入了用荧光笔做的记号。

我也没那么漫不经心，但在看到那行字的瞬间我还是吃了一惊。

水上高中 新田高义（船户高中）

那个学生指导室的老师，要调走了。

冰谷所说的"大逆转"，就是这个。我突然醒悟：它，成真了。

2

春假开始几天后，我纵身跃入了明媚的阳光下。

和仲丸同学约过几次会了呢？仔细计算一下应该是能知道的，然而没有这种必要。只要知道有"很多次"就够了。很多次约会！很多次夕阳！并且，很多次星空！话虽如此，但冬天刚结束不久，其实我们也没看过几次星空。那样说只是表现手法而已。不管怎么说，冬天的夜太冷了。

就像∞+1=∞（注:表示无穷大的符号）一样，今天的约会也包含在那“很多次”当中。外面很暖和，说不定穿短袖都不怕。可是我穿着长袖衬衫，还罩着夹克衫。我甚至觉得热，但是无所谓……春天的夜里多少也会有点凉。

我们的主要目的就是见面，所以说到底，约会是不需要目的地的。不过这样就会导致我们在市中心漫无边际地游走，所以基本会确定一个去向。今天应仲丸同学的期望，我们决定去看展览会，展览内容是色彩缤纷的版画。

电车站前有自行车停车场，所以我今天就骑车过来了。天气已经暖得用不着手套，但骑上车则是另一回事。

曾几何时，我在公交车上栽过大跟头。不过今天一切顺利，我畅通无阻地骑到了站前。付好一百日元停车费，我往约定的地方走去，仲丸同学还没来。来早了啊——我一边想，一边愣愣地看着站前的喷水池。我大概足足愣了十分钟，仲丸同学才进入我的视野。樱花色的羊毛衫看上去很文雅，感觉这让“爱玩乐的高中生”仲丸同学显得有点一本正经了。

“等很久了？”

“完全没有。”

见面寒暄过后，仲丸同学看了看手表。

“那我们走吧。”

说着，她先迈出了步子。

我们要去的活动会场在站前的大楼顶层。进了电梯，狭小的空间挤满了去往相同目的地的人们。不过，片刻后就到了。电梯门向两边打开后，白得发亮的地板上站着一位身穿红色制服的向导小姐，她鞠躬和大家说：“欢迎光临。”

我对展览会本身没有什么想法。在我眼里，海豚就只是海豚，鲸鱼也就只是鲸鱼，仅此而已。这么说，我想起过去出于一些原因曾在画集里见过高桥由一的《鲑》这幅画。当时留在脑海里的也不过是鲑鱼罢了。“鲑鱼”可以念作“sake”也可以念作“shake”，两者之间有什么关系吗？我不觉得这只是简单的音变。难道说是方言？

一扭头，我发现仲丸同学似乎也露出一副索然无味的表情。也是，版画展不过是约会的借口，就算无聊也无所谓……不过我好歹是受邀的一方，于是便问她：

“你喜欢这种画吗？”

仲丸同学歪了歪头，说：

“嗯——我喜欢的是拼图吧。”

没想到她居然对拼图有兴趣。如果是带着偏见来说，我觉得仲丸同学应该是走到正在拼图的人身后，大叫一声“这是在搞什么无聊的把戏！”顺势掀桌的那种人。失礼了，人不可貌相。

我正这么想着时——

“不过我哥是负责拼的，我负责搞破坏。”

偏见正中红心。

过了大概二十分钟，我们都看腻——不，是看够了，于是慢慢走向下楼的电梯。一个貌似工作人员的男人直盯着我们，但再怎么看，我们也不过是小市民式的高中生而已。最终那人并没有跟我们搭话。

走出大楼，我在春日下伸了个懒腰，问道：

“接下来干吗呢？”

时间还早得很。

“要去哪里坐坐吗？”

“啊，这样的话——”

我脑海里浮现出好几个不错的地方。

“从这里走的话，‘樱庵’还算近吧。他们家是和风的，挺能让人沉下心来哦。‘berry berry’那家倒是离得最近，但椅子坐得不舒服。”

仲丸同学听完，突然换了一副难以言喻的奇怪面孔。她把脸转向一旁，看上去像在闹别扭。

“小鸠鸠身上这种古怪的迟钝感到底是怎么回事？我觉得你不可能是一个迟钝的人，但有时就是一目了然的迟钝呢。”

我说了什么让她不开心的话吗？

“你讨厌和风？”

“不，我不是这个意思。”

仲丸同学直勾勾地盯着我的眼睛。大概她只能从我眼里看到困惑的神色吧，于是便夸张地叹了一口气说：

“你真不明白吗，小鸠鸠？你知道很多这种店对吧？甜品很好吃的店之类的。”

“啊，嗯，算是知道点吧。”

我一点头，她的食指就戳到了我的胸口上。

“你是为什么……怎么会……知道的呢？”

“啊啊……”

原来是这个意思啊。

我所知道的甜品店，几乎都是小佐内同学告诉我的。

“小鸠鸠你懂吗？每次你提起某家店的时候，你前女友的影子就会在我眼前晃来晃去。这样真的很不好哦。”

我挠了挠头。原来如此，或许是这么回事。我无话可说。

仲丸同学又叹了一口气，说：

“我们散散步嘛，难得天气这么好。”

无所事事地散步正合我意，只要她觉得开心就行。

于是，我们就肩并肩地沿着木良市的主路——三夜路往前走，一路走到了铺着白色花砖的拱廊街。

进入春假，工作日的白天也是人潮涌动。除了仲丸同学的樱花色，柠檬黄的T恤、翠绿的衬衫，还有漂白的长裤等，视野里的颜色丰富多彩。由于商店街一如既往地不景气，木良市主路上的不少店铺都拉着卷帘门。但即便如此，在这冬去春来的日子里，这里似乎也呈现出了些许的活力。

我们百无聊赖地走着，仲丸同学说道：

“小鸠鸠，有件事不知能不能问，虽然挺马后炮的。”

“如果是问甜品，我倒是没那么喜欢哦。”

“不是啦！”

她的声音有点愠怒。

“我不是想问这个……去年啊，我把你叫到教室里那次。小鸠鸠，你老实说，那时候你知道我这个人吗？”

我受到了惊吓。这确实很马后炮。不过，虽然已是半年前的往事，我却记得很清楚——那时我连仲丸同学的名字都不知道。

但是，现在可不是弘扬诚实美德的时候，对吧？

“我知道你是我的同班同学啊。”

“是吗？就这些？”

“嗯——”

我搜肠刮肚希望找出点能说的，但似乎什么都找不到，巧妇难为无米之炊。

“是吧，就这些吧。”

但光说这些未免太薄情寡义，我便补充道：

“当然，现在是知道了很多方面。”

说完，我的背就挨了对方一掌。是的，现在的我算是知道了，比如：出人意料的，仲丸同学竟是一个容易害羞的人。

红灯。我们停下脚步，身边聚集了好几个人。仲丸同学顾忌着周围人的眼光，闭上了嘴。信号灯变绿，我们伴着《通过吧》（**注：日本江户时代的传统儿歌。关东地区多用作绿灯时的通知音乐**）的音乐声走过人行横道。等人群分散开以后，她又问道：

“那么，面对陌生的我的表白，为什么你就同意了呢？”

她居然问了这个问题。

这话题挺适合散步的，仲丸同学的语调也很轻快。然而，我却不得不采取偷看的方式去看她的侧脸。因为我觉得，一旦视线对上了，谈话就会变得很严肃。

仲丸同学只是看着道路前方，一副春风满面的样子。于是，我也春风满面地回答道：

“你是说在放学后的教室里对吧？因为近距离看到你，听了你说的话，觉得你很不错呀。”

“很不错……吗？”

仲丸同学仿佛要笑出声来了。

“你回答得好敷衍啊，小鸠鸠。”

我确实是在敷衍。不过真要确切地说的话，我大概会冒出“因为没有拒绝的理由”这句话。但这话是打死也不能说的。谎，只会越说越多。

最重要的是，我们或许是半斤八两，所以总让我撒谎是不公平的。不让仲丸同学也撒点谎的话，我们的关系就会失衡。尽管我并不感兴趣，但作为小小的报复，我也试着问了问她：

“那我也问个马后炮的问题……为什么是我呢？”

仲丸同学没有流露出丝毫的动摇，好像这半年来她一直在等着这个问题一般，立刻就回答：

“因为你的表情很奇怪。”

哎呀，颜艺可不是我的专长呢。**（注：颜艺，源于日语“颜芸”。是指人物在某些情况下面部表情极度扭曲的样子，也是萌属性之一。）**

又碰上一个信号灯，不过这次是绿灯，我们顺势穿了过去。《通过吧》的曲子不合拍地回响着。

“男生啊，有不少人还是挺自以为是的，对吧？比方说他们会觉得‘慵懒等于酷’之类的。最早，我觉得小鸠鸠你就是这样的呢。你的前女友，是叫小佐内？我总觉得你对她也有一种无关痛痒的妥协。她可爱是可爱，但也挺不起眼的吧？”

她这感觉稍微有点奇怪。不过，算了。

“但是，我觉得你和我想的不太一样呢。既不是超脱，也不是冷淡。我知道你有戒备心，可怎么说呢，也不是那种怕见人的戒备。‘这人的表情好奇怪啊，他到底在想什么呢？’在我琢磨着这些的时候，听说你好像和她分手了，我想那我就上吧。”

我本来想笑她吹牛的，可她说的完全背离了预期。

我觉得仲丸同学说的应该是真心话。如果是撒谎，那实在是太莫名其妙了。用一句话来说的话，就是——仲丸同学喜欢怪人，而我在她眼中就是一个怪人？

不，怎么可能呢。我脸上浮起一丝类似抽搐的笑……我自负能以一介小市民融入集体，但我的伪装居然这么容易被看穿吗？

我小心翼翼地问道：

“你的朋友们也说过我很怪吗？”

可仲丸同学瞪圆了眼睛说道：

“咦？小鸠鸠，你居然在意这些吗？”

“那当然在意啊。因为我不觉得自己的表情很奇怪啊。”

我一噘嘴，仲丸同学就笑了。她笑的声音很响亮，看起来挺开心。

不知她到底在笑什么。我只知道，仲丸同学也是一个奇妙的人。虽然这半年来，我只觉得她是小市民俱乐部的一员。

她笑得眼泪都出来了，还抬起手背擦了擦。然后，她“啪啪”地拍了拍我的背，说道：

“不用担心啦！因为只有我会这么看待小鸠鸠啊。倒是我问‘你们不觉得小鸠很好玩吗’的时候，大家都说‘很普通吧’。”

好吧，既然如此也就罢了。

经过她刚才那通傻笑，我觉得话题算是结束了。我们也在三夜路上走了很远。再走下去，就离“Chaco”那家咖啡馆很近了。那家店是通过堂岛健吾知道的，而非小佐内同学。不过就刚才的经历来看，我还是别提比较好。仲丸同学说我迟钝，但这点我好歹还是能觉察到的。

“我们要走到哪里去啊？”

仲丸同学稍微想了想说：

“穿过水公园，再去丸井吧。”

反正也没事，去哪里都行。

拱廊的上方有根柱子穿过，上面有个盘面巨大的机关钟。我不经意地看了一眼，只见钟的两侧跑出了乐队人偶。我想告诉仲丸同学，便扯了扯她的袖子，指着人偶们说：

“瞧。”

“啊……”

三角帽人偶们有的举着小号，有的脖子上挂着鼓，有的提着三角铁。他们在貌似已老化的机关操控下笨手笨脚地排好队，然后开始高声演奏乐曲。此刻，正好是三点。

这曲子我听是听过，但不知道曲名。难得出来了一支乐队，音乐却是八音盒式的，而且还挺响。我觉得就算跟身边的人说话都会被它的声音盖过，于是我们不声不响地从机关钟下方穿了过去。

叮叮，最后的残响消失了。

商店之间的墙上贴着先前我们去过的版画展海报。我的视线刚往那边一瞟，仲丸同学就说了一句：

“说起来，那件事我说过了吗？”

“什么事？”

“我哥的屋里进了贼的事。”

哎哟，这还挺麻烦的吧。我这一无所长的小市民，在这种事上有没有办法给仲丸同学帮一下忙呢？我在心中调整好了倾听的姿势。

“没，应该没听你说过。你说的哥哥是喜欢拼图的那个吗？”

“原来我没说过啊？嗯，对，就是那家伙。”

我们稍微放慢了脚步，以便说话。

“哥哥目前在横滨上大学。我去他的公寓看过他一回，房子小，屋里又脏。他拿了家里给的生活费，晚上去家庭餐厅打工，早上又送报纸，居然还会住那种房子。我一想到上了大学以后是不是也要住那种地方，心里就特别烦。我绝对得住二楼以上，浴室和厕所分开的房子。小鸠鸠，你要上大学吗？”

“大概吧。然后呢？”

“他说参加了一个奇怪的社团集体活动，三天没回家。说是去新潟了。他们夜里坐车出发，一晚上轮流开车。我也挺想这么干的呢。考个驾照，叫上朋友一起。啊，当然，小鸠鸠也一起就最好啦。

“然后，他回家时发现窗玻璃被人从外侧打碎了。不过所谓的打碎，那个应该怎么说呢，其实也就是上锁用的把手周围那一小块地方。但屋里满地都是书和CD，都没处下脚。他立刻就觉得肯定是进了贼。我哥喜欢金属乐，有很多挺稀有的CD，所以特别着急呢。他说为了体面，在叫警察来之前先把屋子打扫了一下。”

这能行吗？我觉得这是在给鉴定小组帮倒忙。

我们离开拱廊街，走进大楼之间的小路。这里本来是后街，现在稍微加工了一下变成了短短的散步用人行道。除了我们，看不到别人。

“哥哥说要是叫了警察来，说不清自己到底被偷了多少东西可不行。他把屋子从上到下整理了一遍，想确认到底丢了什么，结果他发现了一个情况。小鸠鸠，你觉得会是什么情况？”

确认损失的时候发现了某个情况。

这样的话，就很简单了——

“是不是发现什么都没被偷啊？”

仲丸同学露出了不可思议的表情说：

“你怎么会知道的？”

就这么点推理也能吃惊吗？我轻轻地耸了耸肩，说：

“没损失的话，那真是太好了。”

“嗯，好吧，话是没错啦。”

“可能只是什么东西打到窗户撞碎了玻璃，根本就不是什么入室盗窃吧。至于房间里乱糟糟，说句不好听的，该不会是你哥哥自己造成的吧？”

我一说完，仲丸同学就笑了，仿佛在说“你果然是这么想的吧”。她的笑，稍微刺激了我的自尊心。

“不过，你没说对啦。”

“哦？”

“屋里是哥哥自己弄得乱糟糟的——这点说中了哦。但确实也有人进了房间。因为窗户上挂的两层窗帘都敞开了。如果只是球之类的东西砸坏了玻璃，不至于连窗帘也拉开了吧？”

真是这样吗？

确实，如果玻璃是因事故而碎裂的，窗帘或许不会敞开。但只凭这一个现象也无法断定“肯定有人进了房间”。因为既有可能是风吹的，也有可能是谁“想进却没进去”。

仲丸同学和我不一样，她不是那种会缜密推断事件的人。

然而，她的断定中还是有让我难以释怀的地方。说不定仲丸同学已经知道有谁进了哥哥的房间。因为知道，所以才如此肯定。

也就是说，这件事已经尘埃落定了。如果真相已经大白，那这就不是在挑战解谜，充其量不过是仲丸同学在让我猜谜。

不，不行，可不能露出失望的表情。

我笑着打起哈哈，装出一副失算的样子说：

“这样哦？那的确是有谁进去了呢。”

这里应该要笑，要开心地享受情侣之间没营养的对话。充满小市民情调的休息日不正在如我所愿地开花结果了吗？

“嗯。”

仲丸同学点点头。

“但是呢，很过分的是，知道我哥没什么损失，警察就走啦，只说了一句‘要是有事请联系我们’。开什么玩笑嘛，哪怕什么都没丢，可是玻璃碎了啊。虽说这钱由公寓保险出了，但那也是受损了啊。结果好像还要自己承担一部分，反倒还得自掏腰包。你知道吗，玻璃挺贵的呢。以前我不小心打碎过学校的玻璃，结果赔了好几万日元啊，好几万！”

“是吗？”

这反倒有可能成立呢。也就是说……

“然后呢——”

就像是在阻碍我思考一样，仲丸同学的嘴片刻不停。

本来好端端在说贼的事，可其中夹杂了太多东西。比如她希望住厕所浴室分开的房子，想考了驾照去旅行，还有以前打碎过玻璃，怎么看都已经偏离了正题。要是不一边听，一边自己整理，我肯定听得一头雾水。

没错。我琢磨着，决定通过信息的取舍来解决问题。

“我哥到底还是很不爽的呀。你想啊，对方都打碎玻璃跑进房间了，却什么都不偷，这绝对就是在恶心人嘛。但他怎么想都没有头绪。虽然我哥又傻又吊儿郎当，但确实不是招人恨的那种人，我也觉得很奇怪呢。要是换成我还有可能，但是他……

“然后，他觉得窗缝里吹进来的风特别难受，索性把窗户开了一整夜，结果他意识到了一件可怕的事。小鸠鸠，你知道可怕的是什么？”

自己的房间有他人进入的痕迹，而且什么都没偷。那他应该担心什么呢？

如果是我，首先会拿出螺丝刀打开插座的外壳。

“会担心有没有窃听器之类的吧？”

仲丸同学又皱起了眉头，用狐疑的眼神看着我，说：

“嗯，我哥也是这么想的。”

她直勾勾地盯着我。

我脸上可没沾着什么东西哦……大概。

“小鸠鸠，我真的没跟你说过这件事？”

“没有啊。”

“是吗……”

她看上去还是没有释然。“哪怕没听你说过，这点我还是知道的哦”——我用力地克制住想甩出这句话的冲动。

“好吧。然后呢，我哥屋里的插座在巨大的音响后面，要想在里面动手脚会特别麻烦。而音响也没有移动过的痕迹，所以他觉得应该不会有窃听器呀摄像头之类的。然后，他一大早就去找房屋中介说了这件事，那个负责人也是前一天刚旅游回来，完全不了解具体情况，所以我哥先把赔玻璃那件事交代了一下，中午就回家了……结果，你猜是谁在家里等着他？”

看来，我这次没法迅速作答了。

她会特意提问，说明等着她哥哥从房屋中介那里回家的，肯定是一个意料之外的人物。按刚才仲丸同学的话来看，登场人物并不多——哥哥、社团的同学、警察和房屋中介人。或者，仲丸同学自己。

不过，要说真的出人意料并且还跟这件事的结局有牵扯的……就只剩一个人了吧。

“说不定……”

“嗯。”

“是……”

是犯人吧？

我刚想说，却在关键时刻把话咽了下去。

仲丸同学已经对我产生了怀疑，并且对于准确回答出问题的我，她心里绝对是不愉快的。这能从她的表情看出来，如果对照经验更是一目了然。我至今仍没有真正弄懂那些本该深以为然的事。仲丸同学说得太对了，在某些事情上我大概就是特别迟钝。

在这里阐述“正确答案”是一种错误的行为。进高中整整两年，我从身为小市民的生活中学到了很多。对话时，小市民不会进行“恰当”的附和。尽管没有任何人告诉我，但揣摩对方下一步要说什么，是一种禁忌。

所以我不得不再次说谎。

“唔——我还是想不出来啊。”

我必须这么说。

于是，你瞧，对方就会露出喜不自禁的灿烂笑容。

“不知道吧！其实啊……居然是犯人！”

“哇，那太恐怖了吧。”

“对吧对吧！”

仲丸同学的脚步好像也变得轻快起来，她接着说：

“那人一动不动地站在我哥的屋子门前，一开始我哥还以为是送快递的呢，但是看上去又不像。他大概上前问了一句：‘你有什么事吗？’结果那人说：‘你住在这里吗？对不起，进房间的人是我。’我哥吓了一跳，他就嘴上有能耐，其实外强中干。我想他肯定吓得发抖呢。”

我很明白那种恐惧啊。你越怕，麻烦越会找上门来，如飓风过境一般然后又扬长而去。不合情理的借口，无理的要求……正因如此，古人才会说：君子与小市民不立危墙之下。

道路脱离了散步用人行道，通往被大楼环绕的广场。水公园虽然有个时髦的名字，但实际上只是一个市民广场。不过，这里也和散步用人行道一样花钱整修过，广场上铺着地砖，中心还造了一个喷水池。喷水池的正中央有三位白色的天使，正高举着喇叭。

“我哥说那人感觉很阴沉呢。开朗的人打一开始就不会干这种事，对吧？但他不仅阴沉，据说看上去还有点神经质……看上去神经质的人是什么样的啊？小鸠鸠应该不是吧？我们班里有类似的人吗？”

“有吧……”

即便有，我也不记得名字，所以爱莫能助。话说回来，仲丸同学说得还真起劲啊。

“像土井那样的人不就是吗？”

“土井同学吗？啊啊，有点道理，大概是吧。”

我一边接话，一边猜测那个土井说不定是女生。不过，反正仲丸同学似乎也不在意，那就无所谓了。

“然后啊，那家伙絮絮叨叨地说个没完，我哥被他搞得有点烦了。可我哥又怕说多了对方说不定会掏出菜刀来，只好小心行事。于是他就问那个贼，或者说那个做贼还半途而废的家伙：‘你为什么要这么干呢？’仔细想想，我觉得他这话问得也挺白痴的。那个贼就盯着我哥，眼神好像跟我哥有仇似的。接着，他就解释了为什么要打碎窗户跑进屋里……这经过呀，还挺奇怪的呢。小鸩鸠，你想不到那究竟是怎么回事吧？”

是啊，这就是所谓的云里雾里，丈二和尚摸不着头脑呀！

我当然是打算这么回答的。或许，我应该也是这么回答的。

然而这时，巨大的厄运向我袭来。

水公园的喷水池中央有三座天使像。水柱从天使像的喇叭中喷上天，水底闪耀出七彩的光辉，还响起不大的音乐声。

我是这么想的：或许设计者是打算营造出一种华丽感，但天使一吹喇叭，我就觉得启示录的世界就此开启了呢。**（注：“启示录”是《圣经》新约的其中一卷书，记载了使徒约翰在拔摩海岛上看到的异象。）**

于是，我不由得有些走神。小市民式的分寸被无声的喇叭吹到了九霄云外。我嗫嚅道：

“那肯定是……”

我已经彻底完成了信息的取舍。

仲丸同学的哥哥，住在单人公寓里。

哥哥的屋子很脏，很小。

哥哥的屋子估计在一楼，浴室厕所是一体的。

哥哥参加了社团，某天，深夜出发前往新潟。

三天后回来时，发现窗户的玻璃碎了。

屋子里的书和CD散乱不堪，其中还有些比较珍贵的CD。

哥哥是金属乐的信奉者。

哥哥屋里有个很大的音响。

据推测，屋里没被安上窃听器等装置。

打碎的玻璃由公寓保险进行赔付。

犯人自己送上门来了。

还有——

妹妹很明确地表示，哥哥又傻又吊儿郎当。

哥哥晚上打家庭餐厅的工。

哥哥早上打送报纸的工。

房屋中介人前不久去旅游了。

以及，还有最具暗示意义的事项。把它们综合起来考虑，答案实在是太过明显了。真的，简直毫无较量的价值。

“那肯定是，为了关掉音响吧。”

犯人并没打算偷东西。

但是他无论如何都必须进屋。他等不及哥哥回来，而且情况非比寻常。

我最先想到的是失火。哥哥不在家的时候，比如水壶放在煤气灶上烧着却忘了关火，那可就是紧急事态了。打碎玻璃进屋是很正常的吧。但是屋里拉着窗帘，外边的人无法知道里面没有关火，更重要的是，假如真的如此，仲丸同学要说的就不是“屋里进了一个奇怪的贼”，而是“紧要关头避免了一场火灾”了。

不是失火，但毫无疑问，情况跟失火类似，对方不得不进屋。

通过仲丸同学言辞的细微之处，我发现犯人并非昂首挺胸地来跟她哥哥邀功。那就是说，也不是类似煤气泄漏警报器响了这类非常事态吧。如果真是这样，犯人就是恩人了，同样归不到“奇怪的贼”那个话题里。

那么水呢？哥哥忘了关浴室的水就去新潟了。但他的房子估计在一楼，那也就不存在水漏到楼下的情况了。

这么往下一想，最可疑的就是声音了。大音响整天轰鸣，到深夜还不消停。过了一天仍旧吵得要命，敲门也没人出来，大概屋主不在家。要是换作我，那可是忍不了的。

仲丸同学说她哥哥的公寓又小又脏，所以墙壁应该不会很厚。

并且，哥哥早晚都要打工。为了早上能准时起床，设个叫醒电话似的东西是很正常的。闹钟？手机闹铃？这些都行。

不过，音响的自动开机功能，也行。

“闹钟”和“音响的自动开机功能”有着决定性的差异，首先是可选音乐的范围，其次是放任不管会否停止。闹钟基本上闹一会儿就停了。但音响，在不同的设定下，你不让它停，它是不会停的。

哥哥是深夜出发的。如果当时他没关闭每天早上会自动开机的音响，那么金属乐就会响三天三夜。并且，这种音乐多半不是给人悄声聆听的，音量想必非常大吧。

这个“看上去神经质的男人”刚刚开始可能是忍住了。也许为了抗议和以正当理由进屋，他还去找了房屋中介。但他憋不了三天，房屋中介的负责人又不在……然后，玻璃不是被打碎了吗？犯人说不定就是同一栋公寓里的人。他诉诸强硬手段的背后，或许也是因为预想到了打碎窗户的赔款大部分可以由保险来承担吧。

有个暗示肯定了我的推理。实际上，我就是从那里开始着手的。

仲丸同学提起这件事时，用了“说起来”这句话作为开头。在那个时间那个地点，我们碰到的是版画展的海报。这或许令她想起了那个喜欢拼图的哥哥。

而在那里还发生了一个令人印象更深刻的状况——

八音盒的报时真的太吵了。

我不小心说出口的嗫嚅很轻，但也没轻到能被喷水的声音盖过。

仲丸同学停下脚步看着我。她的表情，已丝毫没有隐藏怀疑的神色了。

初中时代的记忆苏醒过来，让我打了个冷战。那时的我逢人就滔滔不绝，以为所有人都会认同我。但事实正相反，我说得越多，自己的立足之地就缩得越小。

我分明早就决定了，在自己落单之前要做一个小市民。

然而，巨大的自负令我膨胀也是不争的事实。在过去，我会脱口而出地说出那些话，但如今只会放在心里。然而，会想的，终究还是会想。我想的是：怎么样？这种程度的谜题就想难倒我，真是简单得可笑。拿些花过心思的东西再来找我行不行啊？

说不出口。这种话，我已经说不出口了。

面对仲丸同学，我不知道接下去该说些什么。我确信她肯定会讨厌我，我甚至会将错就错地承认：即使她讨厌我，我也只能接受。

不过仲丸同学盯着我看了半天后，冒出的话却是：

“我果然跟你讲过这事了吧？我有感觉。”

“啊，嗯。”

这天，我最大的转机并不是看穿了她那故事的结局，而是下面这句绝妙到连我自己都佩服自己的话语。我像是抓住了救命稻草一般，挤出满脸微笑说：

“是啊。很早以前听你说的，我自己也快忘啦！”

她说她哥哥开着玻璃被打碎的窗户过了一晚上。那样说来，这事恐怕是去年夏天发生的，最晚肯定也是入秋以前。

事件发生距今已过去很久，它在最后关头挽救了我的失言。接着我打岔道：

“话说，接下来我们去哪里啊？”

最后一股水柱从天使的喇叭里升上去，又落了下来。

3

新闻社的编辑会议通常在每月的第一周召开。

四月时，因为春假占了四月的一部分，又赶上新生入学和升学，无比忙碌慌张。所以很多事无法按一贯的步调进行，这也是无可奈何的。不过，以紧急召集的形式进行本年度第一次编辑会议则是出于其他原因。而这个原因，我比任何人都清楚。

开学典礼那天派发的《船户月报》上并没有揭晓连续可疑火灾的“谜底”。因为我在最后一刻把报道调包了。

（四月七日 船户月报 第八版专栏）

各位新同学，祝贺你们进入我校。船户高中对各位的到来表示由衷的欢迎。

新闻社从去年秋季开始持续追踪着某个事件。本着向新生介绍一系列事件经过的目的，我们想在此进行一番总结。

十月十三日，叶前的空地上发生纵火。割下的草堆被人放火点燃。所幸草堆潮湿，火没烧起来。消防也没有出动。

十一月十日，西森的儿童公园发生纵火。一个垃圾箱被烧，泥土中残留了些许焦炭，但火势并未扩大。从这次事件起，正规报纸也开始了相关报道。

十二月八日，小指的资材堆放场发生纵火。一些废料被烧，居民和消防队合力将火扑灭。

一月十二日，西边的街上发生纵火。废弃自行车的坐垫被烧。

二月九日，津野的河滩地发生纵火。尽管消防队出动，但那辆汽车还是被完全烧毁。这辆车是较早前就被丢弃在河滩地上的。

三月十五日，日之出町巴士站附近发生纵火。扔在长椅下的杂志被人点燃，长椅完全烧毁。

本栏关注着这些事件，呼吁同学们注意防火。同时，我们对至今为止的事件走向进行了缜密的分析，并总结出了这一系列（很明显它们是“一系列”的）事件的规律。

本栏已在一定程度上取得了成功，预测出了二月的津野附近、三月的日之出町附近有可能发生火情。这是新闻社脚踏实地周密采访的成果，完全是通过纯粹的洞察能力而得出的推理。

但我们并未满足于过往的成功，本次也进行了慎重的探讨。推测的结果是，这个卑劣的纵火犯接下来可能会将目标放在上之町三丁目或是华山。

本年度，本栏仍会密切关注该事件。一是为了不放过这可恶的犯罪行径。二是为了展示船户高中新闻社的力量。

新闻社期待志存高远的新生到访。我们在印刷准备室等待新社员的加入。（瓜野高彦）

月报都是新闻社员亲自派发的。五日市和堂岛社长暂且不论，门地派发的时候会是什么心情呢？在抱有歉意的同时，我也着实感到痛快极了。

升上高二，我和里村分在了不同的班级，所以我也不知道看了这篇报道后，她会不会再掀起一波旋风。不过，在这仍处于相互摸索阶段的新班级里，我已经发现有五个人看了《船户月报》。

我早就预想到肯定会出现需要善后处理的问题。

听说了紧急召集会议后，我立刻明白：该来的总会来的。

事态发展基本都在我的预料之中，唯一意外的是岸没有来参加会议。他好像在新年度开始之初，就早早地退出新闻社了。我听说过会有像他这样的学生。毕竟，若是加入了社团不到一年就退出，这在升学调查书（**注：记载了学生在校期间的学习活动和学校生活的记录本，是即将升学的学校或用人单位的选拔参考资料之一**）里是很不利的……

初中的时候，很多人对事关调查书的传说深信不疑。在高中虽没怎么听说，但假如岸是因为对此信以为真，从而忍到学年结束才退社的话，倒也挺像轻率的他干出来的事。

会议的开场甚至也和我想的一样。升上高三的门地先对我劈头一通骂：

“瓜野，你小子太得意忘形了。三月的编辑会议上定了什么内容，不是都让你记在脑子了吗？连定下的事都遵守不了，干脆退社算了。

净给人添麻烦！”

三月的会议上决定分给我四分之一的版面，这是堂岛社长提出的。目的是揭晓我能正确预测连续可疑火灾的“谜底”，同时结束这个系列报道。确实，从这个意义上来说，我背离了社里的决定。

不过，我当然是有备而来的。

“要在四月号结束这个报道，是因为学生指导室的新田这么说了才决定的。但是新田已经调离我们学校，就算我们继续写，应该也不会有人说三道四。”

“这事跟新田什么的无关。我说的是你没有遵照编辑会议的决定。当初可定得清清楚楚的。你自己都回答‘好’了呢。”

“这我可不知道。会议上只决定了分我四分之一的版面。”

我眉毛一挑，瞪着门地。

“你要无赖是吗？”

上个月在学生指导室，迫于新田那偏执的压力，我什么话都说不出来，只能让堂岛社长为我辩护。那种悔恨我可忘不了。事到如今，还怕了区区门地不成？我正面应战，说道：

“我没要无赖。我准备了两份报道。一份是像新田要求的那样，为了结束系列报道而准备的。还有一份，是为了能在最后关头状况反转时替换而准备的预案。然后，状况真的反转了。”

我回忆起那时的事来——和小佐内一起去看电影的那天，她给我看了教职员调动的报道。

我也曾思考过为什么小佐内会带着那张剪报。假如她不知道是新田在阻挠我的行动，就不可能给我看那条消息。她是知道的。那这样的话，信息来源除了堂岛社长，别无他人。

社长一如既往地双手抱胸，像是在夸耀他那宽大的肩膀似的挺着胸膛。我的脑海里突然浮现出最早见到小佐内时，她跟堂岛社长耳语的身影……这两个人的关系，比我想的还要深厚。

不，现在最要紧的是得驳倒门地。

“退社什么的，说起来很简单啊，学长，您可曾考虑过我为了这报道有多拼命吗？听说有纵火，在冷得要死的大冬天，我可是蹬着自行车横跨了好几个町呢。我可不像学长，只要说句‘校长，麻烦您了’就能把报道写出来！”

“瓜野，你这混蛋！”

我确信这话戳到了他的痛处。

门地就是这样。堂岛社长则有自己的一套安排工作的方式，这点我不得不承认。但是，门地根本就没有好好干。我从没见他提过什么有建设性的意见。而且，他甚至都不算堂岛社长的应声虫。他只是按着别人的意思，有气无力且漫不经心地把字数凑满。在这个方面，岸和门地是同一种货色。尽管如此，他却摆出一副坚决拥护新闻社秩序的嘴脸处处妨碍我。在明确表示“我不想干”这一点上，岸可比他强了百倍。

门地满脸通红。我也没有退让的意思。只有五日市，提心吊胆，到处乱瞟。

“你算老几啊？口气还不小。跨町不跨町什么的，那是你自己喜欢跑吧？谁让你去了？你那臭美的报道反正也不过是抄了人家报纸的地方版！就这种水平，逞什么威风。”

“要是抄袭能预测出下一个现场，那大概是没什么了不起吧。还不明白吗？发现这些连续纵火规律的，是我啊。只有我写得出来。那些报纸都不行。学长，你，绝对，写不了！”

我口若悬河。气氛变得越来越紧张。在桌底下，我攥紧了拳头。

就在事态一触即发的时候，堂岛社长松开了交叉的手臂，说道：

“冷静点，门地……我明白瓜野所说的。”

“堂岛。”

“我们没理由贬低你的报道。但是，瓜野也的确十分努力。他调查了很多，也思考了很多。虽然跟我想的方向完全不一样，但干得很不错。突然叫他退社，他确实也接受不了吧。如果说是看到新田调走了，一激动把报道调了包，这个心情我是能理解的。”

门地的脸扭曲起来。他是坚信社长会做他的后盾的吧？而另一方，我也抱着一丝期待，觉得堂岛社长或许会懂我。

不过，社长也没那么好说话。

“所以，门地，让我说两句。”

他把手撑在桌上，瞪圆眼睛盯着我。他的脸虽然不像门地的那么险恶，却也惊得我不得不端正自己的姿态。

“瓜野，我问你几个问题。”

“好。”

开场结束，紧急会议这才进入正题。

“把你叫过去，禁止你写连续可疑火灾的，确实是新田……但是，你有没有想过，这个指示或许是整个学生指导室的意思。”

“啊？”

“新田调走了，但学生指导室并没有消失。现在也有可能把你叫过去，说新田老师曾经那样指导过，问你这报道到底是怎么回事。

“如果你登上去的是‘揭晓谜底’的报道，那还能想到借口。可你没有写。这么一来，你无从反驳，不管有什么处分都只能接受。我想问的是，你考虑过这些情况吗？”

被他这么一说……

社长的意思是，即使新田不在，也不代表学生指导室不在了。

说得没错。

“没想过……”

我会那样想的理由要说有，也确实有。

“那时，学生指导室只有新田一个老师。而且，他找茬找得太过分了，我才以为那是他个人的意思。”

“只说是‘以为’的话，我也是这么以为的。但不等于证实了。”

“这……”

我突然回不了嘴了。新田说的话很不通情达理，但也有可能是学生指导室的决定本身不通情达理，而非新田。

“不过，现在就看对方的态度了。当然，也很可能什么事都没有。一切都是未知数……接下来……”

堂岛社长把手放在桌上的《船户月报》上。

“在这篇报道的最后，你还招新了是吧？”

“毕竟是四月号，我觉得这很正常。”

“那是正常的报道的情况——”

社长的眼睛从报道上一扫而过。

“但是这篇报道并不正常。你写的是，今后新闻社也会继续追踪连续可疑火灾事件，对此有兴趣的同学请来新闻社。在编辑会议上，的确分了版面给你。但是，我可不记得让你包办本年度的活动方针啊。我不会说你算老几，但你实在做得太过了。”

确实，我自己都觉得那部分是不是写过头了，应该说是写得太顺手了吧。不过，对此我也有我的说辞：

“那部分顶多只是从栏目角度进行征集。第一版不是有份正式的新闻社招新吗？所以我才觉得这么写也没问题的。”

“这借口很滑稽啊。”

社长用一句话就反驳了我。

“第一版的确登了招新启事，但不代表在专栏里就能随心所欲。不如说恰好相反。第一版已经写明了招新事项，所以其他栏目如果要招新就得跟它统一，这才说得过去。因为那不是在招募你的部下，而是在招募整个新闻社的社员。我们应该还没决定本年度也要以新闻社的身份去追踪这个事件。”

门地得意地插嘴道：

“让你独断独行，就知道为所欲为地瞎写。”

堂岛社长只是往他那边瞥了一下。我也已经不把门地放在眼里了。

社长轻轻地哼了一声：

“话虽如此，不过按现状来说，我们是一个仅有四人的小社团。在这里纠结‘思想统一’等事情，也不过是浮云。等真有新人加入了再想也不迟。只要你明白自己所写的内容具有怎样的意义，我也就不追究了。”

这算是社长的自嘲吗？但他那郑重其事的面孔没有任何变化，应该不是那个意思吧。

“第三条。”

是我的错觉吗？堂岛社长的目光似乎添了几分锐利。不，社长确实非常重视“第三条”。为了让我理解这一点，他停顿了足够长的时间才开口道：

“如果你是因为太在乎自己的报道以至于失控，我还能说我可以理解这份心情。但是瓜野，很抱歉，我并没有那么相信你。”

在片刻的沉默后，紧张感逐渐扩张。

“我曾叫你写一篇‘揭晓谜底’的报道。你说你写是写了，但因为新田调离，就把预案给登上去了。所以，我希望你给我看一样东西……如果那篇‘揭晓谜底’的报道真实存在，就拿出来给我看看。”

我差点低声吼了出来。

假如不存在那篇报道，确实就意味着，我从一开始便打算背弃编辑会议的决定。假如存在的话，就证明我没撒谎。

社长认为，问题不在于我的行动是否正确，而在于能否容许这种行动，并且要点集中于这篇报道是否存在。没想到他会把关注点放在这里。

事实正接二连三地迫使我去修正自己心中认定堂岛社长是粗枝大叶的守旧派的印象。三月，在学生指导室外感受到的那种颠覆又一次涌了上来……感叹与不甘。我的沉默虽来源于此，但门地似乎会错了意，用一副胜者的姿态洋洋自得地喊道：

“怎么可能有，这家伙不过是想自说自话罢了。”

他又补了一句：

“你倒是说话啊！”

我什么都不打算说。而且，也没必要说。我从书包里取出那个黑色的文件夹。关于连续纵火，我所调查的一切内容都夹在里面。原本空落落的文件夹现在塞得满满当当的。我从里面拿出一张稿子。实际并没用上，所以也没调整过字数，篇幅略长。

我刚想递出去，但在一瞬之间又有点犹豫。我犹豫着是否要将只属于我的“谜底”——连续纵火的规律展示给他人看。

社长却连我的这份心思都一眼洞穿了。

“《船户月报》不是你一个人的东西。”

没错。要是没有那些鸡毛蒜皮的争执，这些信息早就该共享给所有的新闻社社员了。现在才给大家看，或许是太晚了。

即使我明白这一点，可独占的地位崩塌依旧令人很不爽……原本我就没有把王牌都亮出来的道理。

我知道自己的脸扭曲得很难看，但我还是把稿子放在了桌上。

（四月七日 船户月报 第八版专栏 原稿A案）

各位新同学，祝贺你们进入我校。船户高中对各位的到来表示由衷的欢迎。

《船户月报》主要向同学们介绍校内的各项事件。同时，也会登载其他报道。比如从今年二月开始，本报针对木良市内频发的连续纵火事件刊登了某些见解。在此，就为大家介绍一下新闻社在上年度关于此事的报道。

十月十三日，叶前的空地发生纵火。十一月十日，西森的儿童公园发生纵火。十二月八日，小指的资材堆放场。一月十二日，茜边的街上。二月九日，津野的河滩地。以及三月十五日，日之出町的公交站也发生了纵火。

本栏确信，这些事件之间存在关联。原因是，这些事件都发生在当月第二个星期五深夜至星期六凌晨之间。另一个原因是，纵火程度也在逐步升级。这两个事实都强烈地暗示，所有的可疑火灾均出自同一个犯人之手。

通过缜密的调查，我们查明了其中的“关联性”。这个成果甚至让我们正确地预测出了纵火犯下次的作案地点，结论都与事实相符。

为了大家能理解这个“关联性”，手边最好有一张木良市全境地图。接下来，希望大家尽可能一边想象着木良市全境地图，一边进行阅读。

我们知道，这六起事件的纵火现场彼此都相隔了一定的距离。纵火犯每次都会选择与上一个现场距离稍远的地方。但是，这样只能得出“下次会发生在跟上次不同的某地”这一个结论。

现场相隔较远意味着什么？这能让警戒力量无法集中在同一区域内。如果只在固定的某块区域实施纵火，居民就能进行防灾巡逻。现在的做法则能防止这个情况的发生。那么，还有什么原因吗？

本栏关注的是，火烧起来之后，发生了什么情况。起火时，哪怕居民们用水桶或水管就能扑灭，但大部分情况下还是联系了消防队。实际上，在连续纵火案中，除了十月的叶前和三月的日之出町，我们都确认了有消防队出动。

消防队，出动，消防车——本栏对它们进行了调查。

我们发现，这些纵火事件都是不同的分署派出的消防队。按照西森分署、小指分署、茜边分署这样的顺序。本栏由此着眼，继续对电话本、邮政编码本、木良市灾害预测地图进行了认真的调查。

终于，本栏发现了符合这个顺序的列表。令人吃惊的是，它与木良市《防灾计划》上记载的分署列表正好相反！

这只是偶然吗？不，本栏确信这是一种暗示。基于这个结论，今年二月，本栏指出下一个纵火现场或许是津野或木挽。因为在分署列表中，排在茜边分署前面的是津野分署。结果，本栏的预测命中了。津野分署前面是当真分署。当真分署管辖的是当真町、锻冶屋町和日之出町。于是三月本栏就列出了这三个地名，而出现火情的是日之出町。

通过对事实的归纳，证明了本栏调查的正确性（关于归纳法，想必各位新生在初中里已经学过了）。接下来本栏推测:纵火犯有可能是消防相关人员或市政府的职员。因为与防灾关系不深的人或许都没有留意过《防灾计划》。

综上所述，本栏对连续纵火的调查到此全部结束。各位新生肯定都已经了解到，我们新闻社的活动作风坚韧顽强，非常值得一干。赞成这项活动并自愿加入的同学，欢迎到访新闻社活动室（印刷准备室），新闻社正在招募新成员。（瓜野高彦）

堂岛社长最初的感想是：

“不管哪篇都很有煽动性啊。”

他的嘴角稍微缓和，我想他大概是一边苦笑，一边说的。

接着，他问：

“这个‘分署列表’，你现在带着吗？”

当然，我把它也塞在文件夹里了。

（木良市防灾计划 第十一页）

木良市消防署一览

木良消防署

木良南消防署

木良西消防署

木良市消防分署一览 大致管辖区域

加纳分署 加纳町、安积町、三宫寺町

桧町分署 桧町、南桧町

针见分署 针见町

北浦分署 北浦町

上之町分署 上之町一丁目、二丁目

华山分署 上之町三丁目、华山

当真分署 当真町、锻冶屋町、日之出町

津野分署 津野町、木挽町

茜边分署 茜边町、茜边东新町

小指分署 小指町

西森分署 西森町、旧洞之里

叶前分署 叶前町（包括山林区域）

“确实，对得上呢。”

那当然。

但是门地才看了一眼就嚷嚷起来：

“这肯定是偶然的……说什么《防灾计划》——”

他像是要站起来似的探出身子，唾沫横飞。

“肯定是瞎编的，不然不可能冒出这种东西。照着这个顺序放火又能怎么样啊？就照着这张谁都不知道的表？”

“话也不能这么说吧？”

堂岛社长失去了平时的冷静，他盯着列表，说道：

“不可能没人知道。有人做了这张表，他会有下属和上司。很多机关单位也会收到不是吗？瓜野在报道里说，犯人可能是消防相关人员或市政府职员，也不是没有道理。”

我点了点头，说：

“受害地区散布在整个市内。可以推测到那是因为消防署为了覆盖全市，而按一定间隔安插了各个分署。并且，我觉得犯人应该是成年人。虽然不知道犯人住哪里，但从西部的西森到南部的茜边，没汽车的话可是相当吃力的。”

然而，社长纳闷地歪起脑袋。

“是吗？自行车就足够了吧？至于说成年人有更多机会接触这个列表，我倒是赞同的。”

确实，我去现场采访的时候也是骑自行车的。但说实话，累得够呛。白天去采访的我尚且如此，那推测深夜行动的犯人会开车更合理一些。

如果是堂岛社长，估计夜里也没问题吧，感觉他似乎有着无穷的体力。但是我不同，而且我也想不出需要犯人长得特别健壮的理由。想反驳也是可以的，但现在我决定保持沉默。

“我不明白的地方，刚刚门地也说了，按照这个顺序纵火，对犯人来说有什么好处……实施纵火时，还要留意着让哪个消防分署出动，我只能想到他是在进行什么挑战，或是试验。不过，跟你询问犯人的动机也无济于事。我想问的是——”

社长把列表放回桌上。

“你是怎么注意到这点的？”

我会想到这事或许跟消防管辖有关，是在跟冰谷一起出去采访，在电车站前看到消防车的那天。红色的车身上涂着“上之町2”的白色字样。那是什么啊？我想。然后，我意识到这能表明那是哪个分署的消防车。于是我想起来，那天去小指的纵火现场时，分署就在它旁边。

刚想到的时候，我立刻一笑置之，心想：怎么可能呢？但是这个念头始终萦绕在我脑海里，回家后我就开始了调查。

不过，我没必要把来龙去脉都一五一十地讲出来。总而言之，要点只有一句话：

“我哥哥是消防员，家里有这种资料。”

社长缓缓地双手抱胸，说：

“原来是这样啊……”

大概是因为理由太过单纯，他觉得没什么好说的了。

社长就这样闭上了眼睛，奇妙的沉默笼罩了整个活动室。门地咬牙切齿，但又插不了嘴。五日市仿佛在等暴风雨过境，一个劲地缩着脑袋沉默着。我证明了“揭晓谜底”的报道真实存在，接下来只等社长判断了。

几分钟过去，或许一分钟也不到，但总之感觉过了很久。社长睁开眼睛，低声说：

“这是我的失误。”

“啊？”

社长继续双手抱胸，口吻比刚才更沉重。

“是我欠考虑了。虽说是结果论，但能把瓜野的报道登出来是一件好事。实在太险了。”

门地比我先跳了起来，说道：

“什么意思？你是说让瓜野任意妄为是一件好事？”

“嗯，就是这个意思。”

“搞什么啊，那编辑会议呢？”

“编辑会议的决定大错特错了。”

社长的目光落在桌上的稿子上——那份没登出来的“揭晓谜底”的报道。

“这份报道基本是按照我的指示写的，编辑会议上也决定让他这么写。但是门地，如果登了这份报道，会怎么样？”

“什么怎么样？”

突然被提问，门地立刻慌张起来。

“会怎么样？这对学生指导室尽到了义务，又结束了莫名其妙的连载，不是皆大欢喜吗？”

“但是——”

社长打断了他。

“这并不代表连续的可疑火灾就结束了。不如说，今后如果再出现可疑火灾，新闻社将陷入极端不利的境地。这可是千钧一发的时刻啊。”

门地还是没意识到问题所在。

“为什么会这样？”

“还不懂吗？”

社长慢慢地说：

“可疑火灾发生的时间，内容的升级和《防灾计划》。瓜野，你注意到的共通点都在这里了吗？”

“是……是的。”

我稍微有点结巴。社长没有看漏这一点。

“如果还有，你就老实说。事到如今，我也不会强迫你亮出藏着的王牌。你只要回答有还是没有就行了。”

社长什么都不知道，但是他光凭我的态度就看穿了我还有王牌。我想着既然不用具体说明，便不情不愿地点了点头，说道：

“……事实上，是有的。只有我才知道的共通点。”

“是吗？果然有啊。”

社长重重地叹了一口气。

“我没有你这么小心谨慎……门地，假如把揭晓了一切的报道登出来，就算有模仿犯完全按着这套规律作案，我们也区分不出来。哪怕有人说我们《船户月报》催生了模仿犯，我们也毫无抵抗之力。要是发展成这样，那就是致命伤了。废掉新闻社可能也不足以解决问题。”

门地说不出话来。

“但是如果不写，我们还有办法补救。因为别人做不到完全模仿。新闻社可以区分真凶和模仿犯，以及那是不是拙劣的效仿也能一目了然——只要这么一宣传，就能防止愚蠢的模仿。在明确了他人无法嫁祸给真凶的前提下，假如还有人模仿，那就只有唯一一种可能——此人就是纵火犯。我们可以否定纵火与《船户月报》的关系，毕竟普通的报纸也对纵火事件进行过报道嘛。”

社长的话语像是独白一般。

“瓜野的独断专行真是帮了大忙。果然，我是不擅长处理这种问题啊。真该事先商量一下。”

社长的自言自语真是奇妙。他说了“真该事先商量一下”，和谁商量？面对“这种问题”的时候，他觉得应该事先和谁商量一下呢？

不知为何，我脑中浮现一个人的影子——那个跟坐在椅子上的堂岛社长轻轻耳语的女生。为什么会浮现小佐内的脸呢？我对自己这念头惊慌不已。

社长没在意我的异常，提高音量道：

“瓜野。”

“在！”

“我也升上高三了，得准备考试。”

我静静地听着。

“本来，按照惯例，高三的要把后辈一直带到五月。不过，现在正是一个好机会。我决定让出社长的位子。”

“什么？”

叫出声来的，不是我，而是门地和一直闷声不吭的五日市。

堂岛社长继续宣布道：

“同时我也会退出新闻社。从你和五日市之中，选一个人做社长，好好接着干。”

我曾想过这一天即将到来，但我以为那是进入五月以后的事。

高三学生引退，重新选社长。

该来的，没想到今天就来了。

我不由得看了看五日市，他也在看着我……不过眼神交汇的瞬间，五日市就匆忙转移了视线。

于是，我确信结局已定。船户高中新闻社社长，从今天开始，就是我瓜野高彦了。

从今天起，将由我来领导《船户月报》。

不知为何，比起欣喜和自负，我首先向双手抱胸的学长低下了头，说道：

“您辛苦了。”

堂岛学长一句多余的话也没说，只是一如往常严肃地点了点头。

我不觉得堂岛学长是一个不合格的社长，他有很多优秀之处。我不得不承认他处理纠纷的能力，而且最重要的是他有领导风范。

但要问他是不是做得最好的，我的答案是否定的。最终，堂岛学长也没能改变《船户月报》。这份由校方拨款、会派发给船户高中全校学生的报纸，应该能成为一份更有魅力的刊物才对。

我把力气全放在了连续纵火事件上，别的都做不了了。门地既没说引退也没说继续，但他派不上什么用场。或者说，我不会给他派任何任务。五日市虽然也靠不住，不过让他写写惯例的那类报道，应该还是能把版面填满的吧。剩下的，就期待新社员了。要是有还算用得上的人加入，可以让他去找找能引人注目的素材。连续纵火的保质期过了的时候，能有下一个话题接上那就最好了。

我也必须做出比现在更好的实绩。第八版的专栏太小了，我还是想把连续纵火的后续报道放到第一版去。虽说不可能放在头条，但是以传达市内事件为名、在第一版辟出一角应该还是可行的吧。这么一来，也必须对内容做一番强化。其实，光是预测下一个受害现场已经满足不了我了。为了吊起读者的兴趣，我觉得事件需要有进一步的发展。

校内对《船户月报》的评价也在一点点提高吧。让大家产生期待，然后回应期待，提升它的价值——我是能做到的。

我已经摸清了纵火犯的行为模式。那么我该写的报道和该进行的采访便是……

要忙起来了，变得有意思起来了。

忽地回过神，我发现太阳已经西斜。

独自留在活动室里整理要做的工作，很容易就沉迷其中。总之，得先吸纳新社员才行。我决定让五日市想点什么主意，然后走出了印刷准备室。

我来到走廊，西下的阳光从窗户里照进来。这是晚霞无限红的放学时分。

到离校时间还有一会儿，但走廊上已几乎空无一人。一开始我以为一个人都没有，不过那是我看错了。墙边靠着一个人影，混在红色的日光里，手里拿着文库书。我以为是新生，但事实并非如此。身形虽小，却是高三学生——那是小佐内由纪。

“终于出来啦。我还以为你窝在里面求神拜佛呢。”

“你在等我吗？”

之前，她从没等过我。与其说吃惊，倒不如说让我感到奇怪。但是她一脸天真无邪，微笑着点点头说：

“嗯。”

“也是，该回家了呢。一起走吧。”

“啊，嗯。行是行，不过在那之前——”

小佐内从墙边跨出一步。

“你当上社长了是吧？恭喜。”

“啊，是的。”

为什么她会知道？

“谢谢。”

我一边说，一边想——为什么她会知道？答案只有一个，是堂岛学长告诉她的。

这种只和新闻社内部有关的事，堂岛学长为什么会告诉她呢？

我的脑中浮现跟堂岛学长耳语的小佐内，那个俯下优美身躯、露出娇媚侧脸的小佐内。

她又向我走近一步，说道：

“之所以等着你呢，是因为很担心你。”

“担心什么？”

“你当上社长的话，大概更会追着那个事件不放了吧……我担心的是这个。”

我就是这么打算的，就是要追着那个事件不放。

不仅如此——

“不仅是事件，我还打算追查犯人。”

“什么……”

“我已经抓住了纵火犯的行为模式。我要拍下他犯罪时的情形，交给警察，让他们逮捕犯人。真不明白我怎么至今都没想过要这么干。要是能行，我甚至想亲手抓住他。”

船户高中的新闻社社长，抓住了连续纵火犯。

这是多么充满魅惑力的主意啊。新闻社将声名鹊起，而我，别说在新闻社，甚至会在船户高中的历史上留下名字。这才正是我所期望的。

直接抓人应该没那么容易吧。虽然不知道纵火犯的体格如何，但我不会武功，光凭一己之力能不能制服对方，还真不好说。

不过，只要能拍到犯罪的瞬间也就行了。

“《船户月报》就要脱胎换骨了。”

小佐内的表情带着一丝忧郁，她说道：

“哪怕是堂岛同学在的时候，也没能干成的事？”

这短短一句话，就让我忽地涌上了一股阴暗的情绪。

果不其然，小佐内和堂岛学长现在还保持着某种联系。

那是什么联系？她对堂岛学长的期望究竟到了什么地步？

“那家伙什么都没干啦，在不在都一样。”

至少在调查连续纵火案的时候，堂岛学长什么忙都没帮过。

对了，我想起来了。是什么时候来着，那天我们本打算看爱情片结果看了悬疑片，小佐内带我去了一家冰激凌很好吃的店，然后对我说了这样一句话：“别再淘气了。我觉得什么都不干才是最好的。”

“你反对我去调查那个事件是吧？”

“瓜野同学，你的表情好可怕。”

“为什么呢？我就这么靠不住？是堂岛更靠谱吗？手里有王牌的是我。我还知道好多事呢。堂岛那种人，什么都不知道。”

小佐内把手里的文库书抱在了胸前，像是要用这本小小的书保护自己的身体一般。

“没错，堂岛同学是很靠谱，很有用。但我不是这个意思。”

“那你是什么意思？”

“我说啊——”

小佐内垂下眼睛说道：

“我说啊，你听了别生气哦……我不讨厌努力的人，但是呢……”

她的声音越来越轻。

“我喜欢的是，什么都不干的人。”

“什么都不干……”

“没错。我是一个小市民。然后呢，我喜欢小市民哦。”

她的声音嘶哑得几乎快听不见，要不是放学后的走廊这么安静，恐怕就被空气带走了吧。

啊啊，小佐内。

她怎么……她怎么这么不会撒谎！为了阻止我，居然编出这种牵强的理由，她以为我会被这种花言巧语蒙骗吗？

“我可不是哦。”

我明确地一口咬定。小佐内惊讶地抬起了头。

“我可不是什么都不干的小市民。包在我身上，没问题的。等着吧，再过三个月，就会让你看到最棒的我了。”

堂岛学长已经退出新闻社，接下来就看我的了。

不管小佐内说什么，我都不打算放弃。如果她怀疑我的能力，那就证明给她看。

“听我说，瓜野同学。”

“我不听。”

我伸出双臂抓住了小佐内的肩膀。她的肩膀又小又细，好像一握就要碎掉似的。把她拉近后，我屈下膝盖。

然后，我做了至今为止一直想做却没做的事。

我吻了小佐内。

然而，我没有碰到小佐内的嘴唇。我期待的明明是柔软与温暖，却只有咀嚼沙子般的干巴感。

我本没打算闭眼，但它好像自顾自地闭上了。异样感让我慢慢睁开了眼睛。

一张纸。

小佐内用薄薄的一张小纸片挡住了我，纸片贴在我嘴上。那是一张收据。她左手拿着文库书，右手拿着收据。我那仿佛沸腾般的脑袋里，从某个角落冒出一个念头：啊啊，她用收据代替书签夹在书里啊。

在相隔仅有十厘米的距离，小佐内眯起了眼睛，说道：

“这怎么行呢？”

她显得有点开心，收据还挡在我嘴前。

“让你听我说，就得乖乖听着哦。”

我和她拉开了距离。原本抓着她肩膀的手，不知什么时候松开了。

她像是蹦跳着似的往后退了几步，把双手背到身后，抬眼看着我说：

“但是瓜野同学，你说包在你身上对吧？你会让我看到你最帅的样子对吧？”

我用力点了点头。

小佐内笑了。我曾经那么努力地想博她一笑，始终只是浅浅微笑，但是现在她笑了。

那真的是用“云开日出”来形容也不为过的笑容。

“好啊。我等着哦。”

说完，她转身背对我，裙子随之翻出一道弧线。

一片白花花的东西从她的肩头飘了下来——是收据。她那薄薄的盾牌。

“送你吧，作为回忆。”

我蹲下身捡起来，再抬头时，小佐内已消失得无影无踪。红色的晚霞也已变成了昏暗的薄暮。

4

手机在口袋里嗡嗡地振动起来，定好的闹钟响了。我把自动铅笔放到桌上，仰头对着天花板重重地叹了一口气。

星期天的图书馆。明明没看书，却宣称在图书馆复习迎考，或许是没什么值得夸奖的。但木良市图书馆有“学习室”，既然贴了告示说“各位学生请在这里学习”，那我就毫不客气地进来了。只要允许，我能大摇大摆地去任何地方。可以说，这也是小市民的态度之一。

而且，有这种想法的学生也并不少，学习室的桌子已被占领了一半。这才四月而已。

四月就开始复习迎考，我自认为这是一件值得表扬的事，但是很可能坚持不了多久。下个月可能就会松懈，再次加速就得等到暑假了吧。到时候，这个学习室肯定也会挤成沙丁鱼罐头的。

今天我随便带了一本大学的入学考题集，试着做一做。我掐着规定的时间，模拟正式考试。

我碰到了好几道不会做的题目。比如，关于概率的一部分是接下来要学的。说来，我这个刚上高三的人来挑战得用高中三年去准备的入学考题，居然还能做得挺像样，反倒有点奇怪了。从原理上说，应该有三分之一是我没学过的内容才对。

我花了三十分钟左右，自己算了一下分数。面对活页答题纸，我有些纳闷。化学稍有点弱，但也不需要太担心。不过，现代文的分数起伏还挺大的。拿满分的时候很多，但有时也只是刚及格。

这或许是因为我的性格。假设有这样一个问题：“B因为A失去了重要的东西。当和A再会时，B是什么心情？”如果这是选择题，那么就找带有“懊悔”或“闷闷不乐”含义的选项就好了。尽管知道是这么一回事，但我偶尔会偏向别的方向：“不对，顺着这条路线发展，B心里肯定非常高兴。”因为遇见了能让他深入探究真相的证人，所以他肯定会高兴。然而，题目却没给出合适的选项。于是，犹豫到最后我就会出错。现代文，尤其是在阅读理解里，一道题会占不少分，所以是不允许出现这种失误的。

我这坏习惯，在中心考试之前改得了吗？

恐怕很难吧。这几乎是与生俱来的。还有九个月，尽管长得近乎无限，但总有一天会过去吧。漫长的小学六年结束了，以为如永劫般漫长的初中三年也结束了。高中三年，没道理不会结束，我很明白。虽然明白，但怎么说呢，时间会不会突然开始循环，不再前进了？

说不定会的，所以学习就放到那时再说，收拾东西早点撤退。哎呀，累死了累死了。

回家前，我决定在走廊边放置的自动售货机上买一罐咖啡。现在这时期，会让人迷惑是该买热的还是冷的。尽管已经不冷了，但也没到想喝冰咖啡的时候。最终我买了热的，然后在售货机旁边的长椅上坐了下来。

我喝下一口咖啡，舒了一口气。

我从书包里拿出活页纸，上面有我刚才做的试题答案。话说回来，那些都是选择题，比如题1=2，题3=4什么的，只有罗列的数字。为了列出这些数字，我可是花了好几个小时呢，甚至感到了人生的空虚，再看也看不出什么东西来，于是就把纸翻了过来。

在解题的过程中，我偶尔会涂鸦，这会让我心神不定，感觉注意力怎么都集中不起来。打个比方，它就好像扎进皮肤里的刺。从去年开始，我就经常回想起它来，时刻都被扎得心里不舒服。

我的涂鸦里排着一些固有名词——

堂岛健吾。

小佐内由纪。

瓜野高彦。

五日市。

北条。

那根刺的名字叫“船户高中新闻社争夺主导权事件”。

或者，也可以叫“木良市连续纵火事件”。

至于是不是要把这根刺拔出来，我已经考虑了很长时间。

基本上，我是打算放任不管的。我已经和小佐内同学分开了，事到如今，不去理会她的一举一动才是正确的选择。但是说不定有百分之一的可能性，让她碰上了进退两难的事态。如果我的担忧成真……到时候，我的麻烦就多起来了吧？

我喝完咖啡，把活页纸放回书包里。

我走出图书馆，去停车场推自行车。

出门那一瞬间，我想了想应该往右还是往左。往右是回家的路，这才刚到下午，完全能在太阳高照的时候回到家里吧。往左则是堂岛健吾的家，走路也只要几分钟，骑车更是一转眼的工夫。

跨上车，我嘟囔了一句：

“健吾吗……怎么办好呢？”

不管是百思不如一试，还是身体先行动起来，这些都不是小市民式的道德门类。硬要说的话，它们是英雄式的天资。只要去问问健吾，我的那根刺或许就能拔出来了。可我心中总留着一丝踌躇，原因还是在于：我始终觉得自己跟他的气场不太合。

我挠了挠脸。

不过，好吧，总这么拖着确实也挺不舒服的。若是突然在迎考复习中想起这事，可是考生的大麻烦。

反正，我先打个电话看看吧。如果他在家，就叫他出来问问情况。如果不在，那也就没办法了。

我终于下定了决心，从口袋里掏出手机来。

这个手机是去年新换的。之前那个实在太旧了……我拨通了“健吾 手机”，然后从自行车上下来，等着。

五声。

十声。

“……不接啊。”

是不在家，还是在睡觉？我挂断了电话，像是松了一口气，又像是心存遗憾。

这时，我身后不远处传来一个声音：

“啊，竟然给我挂了。”

熟悉的声音。

我一回头，堂岛健吾正站在图书馆门口，手里拿着手机。也就是说，他应该是在图书馆里接到了我的电话，于是慌慌张张地跑到了外面。

太守规矩了。

他面对着我操作起手机，随后我手里的手机振动了。“来电 健吾 手机”——我姑且接了起来。

“你好呀。”

“有什么事吗？”

“这个嘛，总之，想请你先抬一下头吧。”

健吾照着我的话做了，于是我们就这样相互瞪着对方。

“健吾，你会来图书馆啊？”

“因为近嘛。”

这么说来，真是言之有理啊。

不必去他家打扰，我稍微轻松了一些。我们先进了图书馆，然后在自动售货机旁边的长椅上并排坐下。健吾买了热咖啡，我三分钟前刚喝过，于是作罢。

健吾的嘴巴刚接触到罐子，准备喝第一口咖啡，却突然停下来问：

“那……你有什么事？”

“嗯，是这样的。”

在我还没做好心理准备的时候，健吾就突然出现了，我甚至没想好该从哪里说起。于是，便先说了一句：

“刚才不好意思啊。要是知道你在这里，就发邮件给你了。”

“我急死了呢。没关机也是我不对。”

“没必要，也没那么急啦。”

健吾扫了我一眼，说道：

“怎么可能不急呢？你打电话给我，多半没什么好事。说不定很紧急呢。”

关于这点真是太抱歉了，我总是给他添麻烦。对于想着“可能没什么好事，所以急着快点接电话”的健吾，总有一天，我得好好还他的人情才行。

“前阵子，你那个电话也很奇怪。最后到底是怎么回事？”

“前阵子？”

健吾看上去有点不高兴。

“就是叫我把车的照片发给你的那次啊。因为是你，所以我想事后应该会解释才对……你忘了吗？”

经他这么一说，好像是有这么一回事。我并非故意不告诉他，而是在那之后我想到很多事，一不留神就忘了。

“对不起，我忘了。现在说吧。”

“你不是有事问我吗？”

“跟那件事也有关系。”

我稍微整理了一下思路。

一切的开端，果然是这件事吧。

“去年十一月快结束的时候，你打过电话给我，还记得吗？也有可能是进入十二月以后。”

“记得。你叫我发照片给你的那天，也说过这话呢。”

“是的。”

虽然我不记得了。

我用活页纸上的涂鸦归纳出了事实关系。但是，我也没必要特地把它拿出来，因为大致内容已经在脑海里了。

“开端是在九月。听说新闻社的瓜野高彦同学提出想写校外的报道是吧？然后，被你否决了。”

健吾有点讶异地问道：

“跟这个有什么关系吗？我想听的是那张照片的事。”

“所以我说了有关系嘛。”

我本以为健吾或许已经掌握了大部分事实，但似乎并非如此。好吧，他也并非一无所知就是了。

“你之所以反对，是怕万一通过了那个议案，瓜野同学就可能会去写那起绑架事件，对吧？”

“这也是其中一个理由。”

“然后，小佐内同学去和你打了招呼，大意是‘如果写了暑假那件事我会有麻烦，但除此以外，写写校外的报道也未尝不可’，对吧？你对此感到可疑，就给我打了电话。”

“没错。”

“你怎么想的？”

“这个嘛。”

健吾拿着咖啡罐，双手抱胸。他总喜欢双手抱胸，不管手里有没有拿东西，也硬是要那样。难不成是瑜伽之类的动作？

“我感到奇怪的是，为什么她会知道新闻社的事情。而且就算她这么跟我说，我也不可能改变想法，那她为什么还要说呢？”

“好，就是这里。第一个疑问的答案很简单，因为新闻社里有小佐内同学的熟人。”

“有吧，门地那家伙好像和小佐内是一个班的。”

咦？

“是吗？”

“是的。对哦，如果她是听门地说的，那就能理解了。”

这个思路确实很自然，但这样就没法跟后面的事实整合起来了。还是说，是我的推理出了错？不，但是——

“那个门地同学赞成去写校外的报道吗？”

“不，他是反对的。他好像很讨厌瓜野吧。”

原来如此。如果是这样，那果然还是如我所料。

“好吧，这事先放在一边。你刚才说，小佐内同学说的话不会改变你的意见对吧。但是，我并不这么认为。”

“什么意思？”

听到自己被怀疑，健吾有些惊诧。或许我把口气放软一点会比较好。

“你反对瓜野同学的提议，这里面有保护小佐内同学的意思。之后不管他提多少次，你肯定都是不赞成的，对吧？但是，小佐内同学的那句话让你失去了坚持反对意见的必要。对你来说，赞成就变得容易了……我觉得，至少小佐内同学是这么考虑的。因为她对你说的话，不管怎么想都是‘请你赞成瓜野同学吧’的意思。”

健吾从喉咙里发出“唔”的一声，说道：

“照你这样说，好像是这么回事。我是被她耍了吗？”

“是被她说服了。之前你是不得不阻止瓜野同学吧？”

“那就是说，小佐内和瓜野是有联系的？”

“大概吧。听到你说她和门地同学也有连接点的时候，我还以为出现了不确定因素。但他是反对瓜野的议案的，而小佐内同学毕竟是站在瓜野同学这边的。”

健吾松开手臂，咕咚咕咚地喝起咖啡。然后，他像是想起什么似的，停了下来，说道：

“等等，这也很奇怪啊。虽然从结果来说是瓜野独占了专栏，但最早提出想写的是五日市啊。”

“那么，为了让五日市同学提出议案，小佐内同学也在背后做了工作吧？”

这一点并不值得惊讶。

但健吾大吃一惊，我无视他继续说：

“这里有两种思路。一，为了能让五日市同学写上唯一的一次专栏，小佐内同学暗中采取了行动。二，为了最终能让瓜野同学独占专栏，小佐内同学暗中采取了行动。

“如果是前者，那么她动用你的意义并不大。我看过五日市同学的专栏，他应该不具备会去写那个绑架事件的威胁吧。正是瓜野同学，才有驱使你的意义。与其说是要了你，不如说假如存在被操纵的人，那也是五日市同学吧。然后，瓜野同学就开始去追踪市里发生的连续纵火事件了。”

“这是为了什么？”

健吾提高嗓门问道：

“小佐内干涉新闻社的工作，究竟是为了什么？”

与他相反，我压低声音说：

“不知道啊……这就是让人耿耿于怀的地方呢。我并不觉得她只是为了好玩。健吾，从这里开始就跟让你给我发照片有点联系了。”

那辆奶油色的轻型客货两用车，我看见它的时候已经变成了黑炭。

“健吾，你应该知道，二月津野的河滩地有一辆汽车烧起来的事吧？那就是我让你给我发的照片上那辆车哦。”

紧张的气息包围了健吾。

“照片上的车，那是你……”

“没错。那是为了绑架小佐内同学而用的车，在河滩地上被烧了，就像《船户月报》预言的那样。”

“常悟朗，难道是你……不……不会吧。这到底是怎么回事？”

健吾嘟囔完，喝了最后一滴咖啡，把空罐放到地上。然后，他像终于能双手抱胸一般，交叉起手臂。

到底是怎么回事，这个问题很有意思。我心中那种不协调感——那突突直跳的肉中刺，正是来源于此。

“我假设了——小佐内同学是为了报道出那辆车被烧了而支援瓜野，但这个假设很快就遭遇了瓶颈。专栏是一月开始的，也就是说，决定分配版面应该是在十二月吧？”

“没错。”

“这么一来，小佐内同学就需要在去年十二月以前便知道那辆车会在二月被烧。而二月的事件是一系列完整计划好的连续纵火中的一环……接下来的嘛，我不说你也该明白了吧。”

不过在得出结论之前，我必须先思考一个问题：这个假设是正确的吗？

“但是，津野有废弃汽车被烧这件事，一般的报纸上也登了。撇开‘下集预告’的内容，这并不是只能在《船户月报》上看到的新闻。也就是说，即使不采用任何策略，这件事也会被报道，所以原本的假设其实是有问题的。小佐内同学帮助瓜野同学写专栏，和绑架犯的车被烧之间，找不出直接的联系。”

“那……难道只是偶然吗？”

不知从什么时候起，坐在长椅上的我已经伸直了自己的腿。

“可能性很大。我觉得十有八九是偶然。但是……健吾，小佐内同学是那种会去烧汽车的人吗？”

健吾说不出话来，只是紧紧地抿着嘴。能让这个刚毅的男人欲言又止，那就充分说明事实胜于雄辩。

如果是小佐内同学，还真说不好。

健吾会这么想也太正常了。那个娇小的身形周围，真是迷雾重重。

我又积极地思考了一番。如果有必要，小佐内同学是会去干的吧。就像前年的诈骗事件那样，就像去年的绑架事件那样，就像之前那样……如果真的非干不可，那她就会无所不为。

小佐内同学以“小市民”自居，这点和我一样。这自居只是一个谎言，这点也和我一样。自我们解除互惠关系以来，已半年有余。在这段时间里，小佐内同学要是还没习惯饲养自己的那头“狼”，那她就会出动。

然而——

“做法太露骨了。这不是小佐内同学的风格。”

一瞬之间，我忘了健吾还在身边，开始喃喃自语。

小佐内同学热爱甜品和复仇。假如有人对她出手，她绝对会揪着对方不放，因为她喜欢穷追不舍。

但是这种复仇不会以穿着水手服举起机关枪歼灭敌人的形式上演。她会设下陷阱，引诱敌人掉进坑里，然后在上面盖起铁盖。

就像即便我发现了无法躲避的恶行，也不会在腰间配上虎彻（**注：传说是新选组局长近藤勇的爱刀**），以“恶即斩”之名四处砍杀是一个道理。“火”，不是我的做法。同样，应该也不是小佐内同学的做法。

况且，采用这种会导致众人皆知的手段，绝对是有问题的。我们很了解自己。我也很了解小佐内同学，我们都是自我意识过剩的人。我们总会觉得有谁在注视着自己，因而十分小心谨慎。也正因如此，我们没有旺盛的自我表现欲。

“所以，我有件事想问你。”

“啊，嗯。”

话题继续推进，不知为什么，健吾好像松了一口气。

“作为原新闻社社长，你知不知道小佐内同学和瓜野同学之间有什么关系？”

说实话，我已经知道这个问题的答案了。从对话至此健吾的反应来看，答案实在是太明显了。

健吾摇了摇头，说：

“不……不知道。不好意思，我甚至都没想过这个问题。”

我想也是吧。

然而也不能说完全没得到新信息，作为休息日下午的闲谈，这还挺有意思的不是吗？我本打算就此放弃，但堂岛健吾到底是堂岛健吾，他并没停留在“不知道”这一句话上。

“不过，这方面的情况去问问吉口好了，她或许知道点什么。”

“吉口？是谁来着？”

“我班里的女生啦。总之，这家伙把监视谁跟谁黏在一块儿当成了自己唯一的生存价值。你跟小佐内分开的事，我也是从她那里听说的。”

居然还有这种信息贩子似的学生……

好吧，林子大了什么鸟都有。既有刚毅的新闻社社长，也有热爱甜品自称小市民的女生。既有对连续纵火事件津津乐道的学弟，也有好几个跟我同龄、却对麻药出手或是闯空门的人，我还知道他们的名字。所以对他人的恋情有着极大兴趣的女生，说不定倒算是平常的。

“可以的话，星期一能介绍我认识一下吗？”

“啊，行啊。”

也就是说，接下来的事就等星期一再说了，于是我准备从长椅上站起身。但是，健吾低声的询问把我拦住了。

“常悟朗……我能再问你一个问题吗？”

“只管问。”

尽管我这么回答，内心却有点烦躁。因为如果对话超过了事务性的信息交换，健吾和我之间必然会话不投机。

然而，健吾的提问出人意表——

“那么，你又是为什么咬着这件事不放？”

“为什么……”

“新闻社的问题也好，连续纵火的问题也罢，你都没理由牵扯进来，不是吗？”

不，好吧，确实如此。

虽说确实如此，但我没想到健吾会注意到这一点。

应该说，小市民式的态度的基础就是表示“此事与我无关”。健吾会指出这一点实属意外。亏他总在谴责一心要做小市民的我，认为我很低三下四。

或许他是在试探我吧。他这死脑筋，居然还挺会兜圈子的。我瞬间有些恼怒，便简短地说：

“小佐内同学说不定会到处放火，我怎么坐得住。”

“哪怕你们已经分手了？”

“是啊，哪怕分手了。”

我拍了拍脚边的书包。

“今年有中心考试，为她分神可就麻烦了啊。我想快点解决这事，好集中精力学习呢。”

健吾挤出一丝笑容，冲我挥了挥手，好像在说“那你走吧”。于是我便毫不客气地走了。

◇

星期一到了。

我去健吾所在的高三E班找他。因为这话也不需要特地约在放学后说，所以我就想趁着课间休息在E班教室前的走廊上稍微聊几句。

健吾把吉口同学描述成网罗人际关系的信息贩子，于是我想，她会不会是那种拎着超市塑料袋、一门心思跟邻居扎堆聊八卦的女人。但事实完全不同，她除了有一头秀发，其他一切平淡无奇，看上去老实巴交的。

我对吉口这个名字没有印象。即便打了照面，也只觉得是初次相见。然而，吉口同学看到我时立刻说：

“像这样和你聊天，还真是久违了啊。”

健吾把吉口同学从教室里带出来后，也点点头说：

“啊，对哦。你们是认识的吧。”

健吾和这女生，还有我？我们是在哪里扯上关系的啊？至少我跟健吾没有同班过，所以我们三人不可能是同班同学关系。莫非是在什么事情上帮她出过主意吗？

我努力地在记忆里翻找，冷不丁地想起来了。

还真亏吉口同学记得我啊。大概是那件事吧——升入船高不久，有个女生的包被偷了，健吾托我帮忙找。

真叫人怀念。不过是两年前的那点缘分，她竟然还能记得别人的长相和名字吗？看来我们被当成熟人了，那就装得稍微像熟人吧。我咧嘴笑道：

“是啊，好久不见了。话说，其实我想跟你打听一件事。”

“跟我？”

她讶异地歪了歪头，然后望向健吾。我觉得，刚刚的视线显示出她已大致心里有底了。健吾把吉口同学看成了喜欢八卦的“包打听”，但她似乎没什么自觉。这种关联性虽然有意思，但我现在没空观察，毕竟休息时间只有十分钟。

“你知道小佐内同学吗？小佐内由纪。”

“啊，嗯。知道。你的前女友嘛。”

她真的知道啊……

小佐内同学不是我女友，我们只是有着互惠关系的搭档罢了。不过这也已经无所谓了。

“我想跟你打听一下关于小佐内同学的事，什么都行。尤其是，跟高二的瓜野同学有关的情况。”

吉口同学打断了我：

“啊，嗯。在交往哦，那两个人。”

她爽快地说：

“有时他们放学会一起走，好像还在约会。”

我真想问：你是怎么知道的？我算是经历过不少可怕的事，但这事同样很可怕。还是说，吉口同学碰巧是一个爱传八卦的人而已，密切关注人际八卦的家伙实际上并不在少数？我虽然喜欢思考问题，但并不在意人本身。那样怕是会看漏很多真理吧——我甚至想到这一层去了。

吉口同学窥视着我的脸色，意味深长地笑道：

“怎么？居然会在意前女友，没想到你这么小肚鸡肠啊。”

说不定，“小鸠来问小佐内的情况了”这事也会成为新的八卦被散布出去吧？而且，还会添油加醋说什么“恋恋不舍且小肚鸡肠的男人”。

这挺讨厌的啊——我正这么想着，健吾开口圆场：

“不，是我拜托他的。瓜野是新闻社社员，你就当是我想知道瓜野的情况，不是常悟朗想知道小佐内的情况吧。”

说这是谎言，也不尽然，里面包含着真话。我以为健吾是一个直来直去的人，没想到他还挺会说话的。不过，就像我已经升上高三一样，健吾也高三了，总会成长的吧。

然而——

“是吗……”

吉口同学好像完全不信的样子。好吧，无所谓啦。

这下话也问完了，吉口同学提供的信息证实了我的推理。只是，小佐内同学和瓜野的交往只是基于恋爱，还是基于什么其他的隐秘交易，目前尚不明了。

“谢谢。不好意思哦，打扰你休息。”

我道了谢，打算转身离开。这时，吉口同学露出了怪异的表情，说道：

“咦，就这些？”

“就，这些啊。”

“你不是来问十希子的？”

这是谁来着，“十希子”这个名字，好像在哪里听过。

啊，是仲丸同学。

在那一瞬之间，我完全没弄明白吉口同学说的是谁。毕竟我不会直接叫仲丸同学的名字。但是，为什么这里会出现仲丸同学的名字？难道……

“难道……”

我下意识地喃喃道。

小佐内同学，瓜野同学……新闻社主导权之争，连续纵火事件……这条线的某处难道还牵扯到仲丸同学？

吉口同学点点头，说道：

“嗯。你猜对了，就是那个‘难道’。”

“是吗？我完全没注意到。”

在哪里呢？

河滩地被烧的那辆车，毫无疑问是北条同学的。如果扯上了仲丸同学，那就是和受害者有关？还是说，仲丸同学装出一无所知的样子，实际上和新闻社有什么联系？尽管我不可能留心观察，但这里居然会出现她的名字完全是我始料未及的。

我屏住呼吸，等待吉口同学接下去的话。

她伸出手指按在嘴唇上。她的嘴角明明没有上扬，可不知为何她看上去却饱含了愉悦。

在这状况下，只有她的声音像是加了戏一般充满了怜悯之情。她说道：

“没错。她脚踩两条船哦。”

“什么？”

“十希子啊，总是在换男朋友。她没甩了你，还一直在交往倒是挺稀奇的，但你已经是第二个被如此对待的对象啦。而且，她还有真爱——是一个大学生。啊，这么说来，就不是两条船啦，是三条。”

我不知道此时该说什么才好。

我完全猜错了，毫无意义的信息。但是吉口同学说得那么洋洋得意，我要是不受点惊吓似乎有点对不住她，可我什么都说不出来。

不过，这看上去也像是受到了惊吓吧。吉口同学似乎很满意我的反应，大概这也就行了吧，我想。

休息时间就快结束了。

吉口同学回了教室。健吾立刻问：

“你知道什么了吗？”

我微微地点点头，说：

“嗯……我琢磨着，决定通过信息操纵来解决。”

（未完待续）

图书在版编目（CIP）数据

秋季限定栗金饨事件. 上 /（日）米泽穗信著；林枫译. -- 北京：新星出版社，2019.10

ISBN 978-7-5133-3684-0

Ⅰ. ①秋… Ⅱ. ①米… ②林… Ⅲ. ①推理小说－日本－现代 Ⅳ. ①I313.45

中国版本图书馆CIP数据核字（2019）第177325号

本书为引进版图书，为最大限度保留原作特色，尊重原作者写作习惯，酌情保留了部分外来词汇。特此说明。

秋季限定栗金饨事件（上）

（日）米泽穗信 著；林枫 译

责任编辑： 汪　欣
特约编辑： 黄嘉丽
责任印制： 李珊珊
装帧设计： 陈慧颖　杨　玮

出版发行： 新星出版社
出 版 人： 马汝军
社　　址： 北京市西城区车公庄大街丙 3 号楼　100044
网　　址： www.newstarpress.com
电　　话： 010-88310888
传　　真： 010-65270449
法律顾问： 北京市岳成律师事务所

读者服务： 010-88310811　service@newstarpress.com
邮购地址： 北京市西城区车公庄大街丙 3 号楼　100044

印　　刷： 广州市番禺艺彩印刷联合有限公司
开　　本： 890mm × 1240mm　1/32
印　　张： 6.25
字　　数： 135千字
版　　次： 2019年 10月第一版　2019年10月第一次印刷
书　　号： ISBN 978-7-5133-3684-0
定　　价： 39.00元